八十年代大学生

献给六十年代出生的人

献给八十年代的大学生

许安平 著

中国青年出版社

图书在版编目(CIP)数据

八十年代大学生 / 许安平著. — 北京: 中国青年出版社，2023.8
ISBN 978-7-5153-7007-1

I.①八… II.①许… III.①回忆录—中国—当代 IV.①I251

中国国家版本馆CIP数据核字(2023)第139614号

八十年代大学生

著　　者：许安平

责任编辑：刘稚清
策划编辑：高瞻程
书籍设计：刘君祎
出版发行：中国青年出版社
社　　址：北京市东城区东四十二条21号
网　　址：www.cyp.com.cn
电　　话：010-59231565
传　　真：010-59231381

印　　刷：西安五星印刷有限公司
规　　格：787mm×1092mm 1/16
印　　张：14
字　　数：170千字
版　　次：2023年8月北京第1版
印　　次：2023年8月第1次印刷
书　　号：ISBN 978-7-5153-7007-1
定　　价：198.00元

如有印装质量问题，请与本社联系调换
电话：010-59231565
读者来信：reader@cypmedia.com
投稿邮箱：author@cypmedia.com
如有其他问题请访问我们的网站：http://www.cypmedia.com

目　录

自 序

看到我的个人简介中写着资深电子工程师，一个大学校友问我道：我是自控系毕业的，到现在还感觉自己不是一个合格的电子工程师。你一个管理系毕业的，怎么就成了资深电子工程师？确实，我大学所学的专业与电子技术没有太大关系。

一个当了公务员的同学对我说：我们当年在大学里没学多少东西。我仔细想想，他说的也对，那时他忙着谈恋爱，我忙着拍照片。但上大学不仅是学习专业知识，还开阔了眼界，掌握了学习的方法。

我和我哥现在从事的行业都是电子电气，虽然我们都是电子工程师，但我们的成长过程却截然不同。如果说我成为电子工程师的过程是从实践到理论，那我哥就是从理论到实践。我是从小受父亲的影响喜欢无线电，后来根据实际需要才开始自学电子技术理论。我哥是在大学里打下了扎实的理论基础，然后在工作中不断实践提高。

记得我哥刚参加工作时，因为缺乏实践经验，经常会问我一些形状奇怪的东西是什么电子元器件。我虽然还在上学，但对各种电子元器件的形状特点早已默熟于心，而一些理论上的知识我也会去请教我哥。在技术能力达到一定水平的时候，我发现还是需要系统地学习相关专业理论，理论和实践是相辅相成的，缺一不可。

摄影是我的业余爱好，这个爱好影响了我的一生。从我买了第一个相机开始，四十年来几乎是相机不离身，投入到摄影上的时间和精力有时甚至超过了我的学习和工作，其中有得也有失。我时常提醒自己，切勿玩物丧志。尽管如此，还是经常有工作与爱好不能兼顾的时候。

上高中时因为痴迷摄影甚至想放弃高考；大学毕业以后因为摄影辞去了国营单位的工作；到了而立之年因为摄影仍没有确立自己的职业方向。数十年后与几个毕生从事摄影工作的摄影家聚会，他们都感叹：搞了一辈子摄影，虽然付出了很多，得到的却很少。我庆幸自己没有朝着职业摄影的路子走下去，只是把摄影当成了业余爱好。

年轻的时候总感觉有许多话要说，想着等将来有时间了再多写点东西，可是随着年龄的增长却发现越来越不想说了。如果不是这些老照片，可能所有的记忆都会被慢慢抹去。所以我也庆幸自己从来没有放弃摄影这个业余爱好，并从中获得了快乐与美好。

2023年端午节

01 我的家庭

我一生有两个最大的爱好：一是电子，二是摄影。这两个爱好都是受父亲的影响，其中电子技术成了我职业生涯的立命之本，而摄影则是我投入时间和精力最多的业余爱好。

父亲有一本封面是“花开日记”的笔记本，里面记录了各种电路图、经验和心得体会。前面是父亲的无线电笔记，后面是我的无线电笔记。父亲的笔记是从1960年开始的，当时父亲已经参加工作；我的笔记是从1977年开始的，这时我已经上了中学。父亲的笔记工整大方、赏心悦目，堪称书法；而我的笔记虽然也很认真，与父亲相比就显得非常稚嫩。这个比我年龄还大的笔记本至今仍保存完好，后面还有几页空白没有用完。

“花开日记”笔记本封面

翻开家里的老相册，有很多父亲年轻时的照片，可以看出父亲那时是很喜欢照相的。其中有一张西安市六中学生会的合影照，我才知道那时中学也有学生会，因为我上中学时我们学校是没有学生会的，上了大学才有。

父亲担心我们几个孩子小的时候把照片弄坏了，直到我上中学，父亲才把这些老照片拿了出来。看到这张照片时，我们几个孩子都很好奇，指指点点地议论着，话题不知不觉转到了哪个女同学最漂亮上了。经过一番讨论，几个孩子统一了观点，然后就去向父亲求证，父亲却笑眯眯地指着另一个女同学，与我们的看法不同。不记得是谁问了父亲一句：你去追了吗？父亲笑着说：我提前退学了，没来得及。

解放前因为家里穷，我父亲上学比同龄人晚，年龄比其他同学大几岁。上中学后我父亲学习好，而且年龄也比较大，老师就让他当了班长。当时中学的外语课程是俄语，父亲给我们说起俄语，那流利的卷舌音，我学了半天也学不会。上高二时，父亲不想再上学了，想去工作挣钱养家。老师曾劝他说：再有一年多高中毕业了，可能会有保送苏联留学的机会。但父亲还是决定退学了。

不久后西安西郊新成立的国营西安机床厂招收学徒工，因为离家近，父亲就去报名当了一名车工，刚进厂就到沈阳去培训了。学徒工的工资第一年是每月16元，第二年是每月18元，第三年是每月21.5元，三年以后出师了是每月32元。但不是每个人都能顺利出师的，要根据各方面表现进行考核，还要群众民主评议，合格了才行。

二排右一是我父亲。1957年7月西安大芳照相馆拍摄

1958年父亲在沈阳培训时

1962年，父亲学徒出师后不久，西安机床厂下马了，工厂职工由政府安置到了其他单位，父亲被分配到了西安东郊洪庆的西安10号信箱。新单位离家很远，这以后父亲上下班回家就不方便了，只能每个星期六晚上回家一次，星期一早晨天不亮就要起来赶回单位上班。父亲每次回家总能带个新奇的东西回来，不是照相机就是收音机或者其他有趣的东西，虽然都是从单位或者同事

前排左一是我父亲。1956年7月2日西安市第六中学初三·乙班毕业合影

二排右三是我父亲。1959年5月父亲在沈阳培训结束留念合影

那里借来的，但这些有意思的东西开阔了我的眼界。其中照相机和收音机给我留下了难以磨灭的印象，使我很早就对照相机和摄影产生了浓厚的兴趣；同样，我现在虽然已经是资深电子工程师了，也有无线电台执照，但对于无线电波的传播至今仍感觉非常神奇。

我家住在西安城南距离城墙不到一站路的地方，门口的6路公交车是西安市最早开通的，现在还在营运，是经过市中心的钟楼开到西安火车站的。我家周围被西北大学、市十三中、省建一中三个学校包围。记得我小时候，父亲寄信时留的家庭地址都是西安市小南门外，其实我家是在小南门西边的含光门外。当时的含光门只是一个城墙豁口，通常附近的人把它称作新城门，并没有一个正式的名称，所以留地址时都是写小南门外。据我弟讲，含光门是隋代到唐代的城门，元代时这个城门就封闭了，明清时这个地方都没有门。1986年考古发掘发现了唐含光门遗址，后来才重修门洞并命名为含光门，同时把含光门外的陵园路改为现在的含光路。

我小时候家里没有自来水，用的是井水，要用手摇辘轳打水。水井很深，但地下水很清、很甜，含光门里的地名就叫甜水井，我家用的水井也是名副其实的“甜水井”。每过几年，大家就要凑钱请职业淘井人淘井，所谓淘井就是下到井下清理打捞里面的淤泥和掉进去的杂物。淘井一般是两个人，除了工钱，还要管饭，最重要的是要准备一瓶高度白酒暖身用，淘井时间一般都安排在夏天。有一次，我家的水桶掉到了井里，怎么都捞不上来，我就下到井里去打捞。井底处因为塌方空间很大，光线昏暗，仿佛暗河一般神秘，以至于后来我时常梦到那样神秘莫测的场景。

父亲和母亲是通过熟人介绍认识的，父亲对母亲一见钟情。父亲是个孝子，对奶奶言听计从，与母亲结婚后对母亲也是言听计从。奶奶是见过世面的人，母亲也是个豁达的人，偶尔一些婆媳矛盾也都轻松化解。父母亲之间的关系一直很好，我没有见过他们吵架，我们5个兄弟姐妹的关系从小到大也都很融洽。1960年2月父母的结婚纪念照

因为没有自来水，邻居们经常到城河里去洗衣服，尤其是大件的床单被面等不好洗的衣物，用水浸湿后，放在城河里的石头上，用木制的棒槌敲。洗好后就在城河边的空地插上竹竿拉上绳子晾晒。奶奶不让用棒槌洗衣服，说用棒槌虽然省力，但是对衣服的磨损大，衣服要少穿好几年。大人们忙着洗衣服，跟随大人来玩的小伙伴们就顺着含光门豁口边的坡道爬到城墙上去玩，城墙上杂草丛生，经常可以看到有人在上面放羊。大人们数落不听话的孩子时常说：你的脸皮比那城墙拐角还厚。我很好奇，就顺着城墙往西走，

很快就到了城墙西南拐角，果然，城墙拐角处的厚度至少有正常城墙厚度的两倍多，宽阔得像个小操场。我终于明白了“脸皮比那城墙拐角还厚”的含义，这句话也是很多西安人的口头禅。

奶奶是旧社会过来的人，裹着小脚，没上过学，仅会写自己的名字，但奶奶比很多上过学的人还要明事理。听奶奶说，我们许家祖辈是教书先生，家里生活条件不错，后来到了战乱年代家境败落了。因为奶奶的精明能干，更显得父亲的老实巴交。我家有几件难办的事，开始是父亲去办，跑了很多次都办不成。最后只好奶奶出面，奶奶去了既不哭也不闹，就摆事实、讲道理，去一次就办成了。我妈说：只要你奶奶出面，没有办不成的事，像你爸这种老实人，什么事都办不了。

父亲是“文革”前的高中生，工作期间单位领导几次想让他入党提干，父亲都推辞了。父亲当了一辈子的普通工人，虽然没有大贵大富，但也平安无事。由于父母忙于工作，我们几个孩子都是奶奶看护教育大的。奶奶教育我们的警句格言很多，什么“吃饭莫开言”“一人不进庙，两人不看井”等等。她常说一句话：宁叫心宽，不让屋宽。

奶奶只有父亲一个儿子，没有女儿。她很喜欢女孩，经常半真半假地认干闺女。我哥出生时，在省医院我妈住院的产科病房里有一个年轻产妇，家是南边不远处的吉祥村的。奶奶去医院探望时，两个人聊了起来，聊得很投机。一来二去，你情我愿，奶奶不仅抱回家个孙子，还认了个干闺女，而且这回是认真的，于是我哥一出生就有了姑姑。逢年过节，姑姑都会来我家看

左一是我奶奶，那年我奶奶78岁，右一是邻居王奶奶，后面站着的是我妹。后面是西面，王奶奶家是我家的西邻。左边是我家，拆迁时我家的房子拥有土地证。右边是北面，是胡大哥家，二楼是胡大哥住的套间，套间里面的卧室到了晚上就被当作暗室冲印黑白照片。1987年拍摄于我家门前

望奶奶，每次都要带一些玉米、鸡蛋等农副产品。我记事的时候，姑姑带着一个跟我一样大的男孩到我家来，我们就在一起玩。听姑姑“干娘、干娘”地叫着，奶奶心里乐开了花。走的时候奶奶会给姑姑拿上些只有城市居民才有的布票、油票之类的票证。改革开放以后，买东西不需要票证了，姑姑就来得少了。再以后城郊农村农改非，凭借着房租收入比城市居民的生活水平还高。1994年我家拆迁，隔壁的胡大哥就近租住在吉祥村，见到了姑姑家人。胡大哥告诉我说：你姑家里的条件可是今非昔比，你姑父现在是吉祥村的村长了。

我上中学以前，家里每个月至少召开一次家庭会议，一般都是在星期天父亲回家后，全家人都在的时候召开的。会议由奶奶主持，先说家里柴米油盐的大事，然后就说几个孩子的表现问题。表现好的要表扬，犯错误的要批评，错误严重的由父亲惩罚，最后还是奶奶出面圆场：算了、算了，孩子知道错了就行了。因为我的倔强，我是家里几个孩子中被惩罚最多的。

随着家里孩子的增加，经济负担越来越重，有我妹的时候，我妈就不想要了，不过当时也就是说说。但是我奶奶坚决反对，因为我父亲是独生子，奶奶希望儿孙满堂，孩子多多益善。到有我弟的时候我妈就想把我弟送人了，而且付诸了行动。经熟人介绍，谈好了把我弟送给一个没有子女的干部家庭。但当听到来抱孩子的女方在产房门外说担心这孩子长得丑时，我妈顿时来了气，说：你也不看看孩子他妈长的什么样？这事就黄了。再加上我奶奶警告我父亲：你们要把孩子送了人，你们也别回来了！就这样，把我弟送人的事情也就不了了之了。

我小时候穿的衣服、鞋，都是奶奶动手自己做的，我上学前没穿过买来的衣服和鞋。纳鞋底需要力气，这是我父亲的活，父亲纳的鞋底密实整齐，做出来的鞋很耐穿。奶奶有时会把我哥穿过的大衣服改小给我穿，而且总是把衣服改得很合身。哥哥姐姐穿过的衣服，弟弟妹妹接着穿，在那个年代很常见。我最不喜欢穿新做的棉裤，粗布的内里像砂纸一样磨得腿很不舒服。

我妈跟我父亲结婚前没干过家务活，啥都不会，从洗衣做饭到针线活都是跟着奶奶学会的。我结婚时，妻子也是啥都不会，家务活都是跟着我妈学会的。奶奶88岁时无疾而终，她是带大我们5个孩子的最大功臣。

1971年我上小学的时候我父亲调动了工作，新单位离家很近，可以天天回家了。后来在我父亲的档案里看到，这时我父亲的每月工资是42.41元。听我妈说，我父亲调动工作前的3个月里都没有往家里拿钱，工资都用来还债了。我父亲有一辆骑了很多年的白山牌二八自行车，父亲每次下班回来，我们几个孩子都争着去接，然后可以坐在父亲的自行车后座上，让父亲推着回家，那感觉比现在坐在小轿车上要得意得多。

上小学三年级的时候都是我去接父亲了，其实接人是借口，想学骑自行车才是目的，我就是那时学会骑自行车的。如果自行车摔坏了就会影响我父亲第二天上班，所以学骑自行车时每次都小心翼翼的，宁愿自己摔得重些也尽量不摔坏自行车，否则下次就别想再用自行车了。经常摔得身上青一块紫一块的，我回家后也一声不吭。由于我个头小够不到自行车的座椅，就先套腿骑，慢慢地终于可以坐在自行车的座椅上骑了，虽然蹬脚踏板时腿还是有点不够长。一年多以后，父亲托熟人买了一辆永久牌二八载重自行车，这辆骑了十几年的白山牌老自行车就放在了家里，我随时可以骑了。我喜欢骑着自行车专走没走过的路。西安的道路就像西安人的性格一样正南正北、直来直去，只要搞清方向就迷不了路。

1970年春天的一个傍晚，东方红一号人造卫星上天，父亲拿着一个从同事那里借来的多波段晶体管收音机，坐在院子里，小心地调节着收音机的旋钮，周围坐着好奇的邻居。到了晚上9点，收音机里响起了《东方红》乐曲，大家都很高兴，因为那声音是从中国第一颗人造卫星上传来的。我也好兴奋，对无线电波的传播倍感新奇。

父亲喜欢照相，但由于经济条件所限家里没有照相机，只是逢年过节或是有特殊需要的时候才借来相机拍照，其实那时即使家里有照相机，也没多余的闲钱用来买胶卷。父亲的另一爱好是无线电，从早期的电子管到后来的晶体管，自制电路板、焊接。那时没有电烙铁，用的是煤炉烧的烙铁来焊接的，我帮着父亲焊线路、调试，俨然一个小电工。

我从只用一个二极管的矿石机到用三个三极管的收音机都制作过。1978年上初中二年级时，我独立制作了一个低阻耳塞收音机，电路板也是自己制作的，先在覆铜板上用油漆画好线路，再用三氯化铁腐蚀，然后钻孔。这个收音机只有火柴盒大小，用一节5号电池。拿到学校后，同学们都十分好奇。有个同学非要高价买，我没舍得卖给他。

空闲的时候我喜欢逛书店，各种杂志报纸也是我获取信息和知识的重要来源。我最喜欢的电子类杂志，除了北京的《无线电》以外，还有上海的《中学科技》。

中学科技丛书《无线电遥控技术》封面

1978年我用1.5元钱买的一本中学科技丛书《无线电遥控技术》，一直保留至今。我按书中提供的电路制作了一套小巧的无线电遥控装置，把电动小汽车改装成了遥控汽车。小时候的无线电制作实践极大地锻炼了我的动手能力和自学能力，也为日后的职业生涯奠定了坚实的基础。

工作以后，我订阅的电子类和摄影类杂志报纸有十几种，加上购买的各种书籍，最多时一年要增加一个书架。大量的书籍报刊在搬家时就成了沉重的负担，不得不精简。搬家时挑有用的带上，没用的就处理掉了，很多底片和照片也是这样丢掉的。

02

我的童年

老相册里有一张我家几个孩子小时候的照片，也是保存下来的我上中学以前唯一的一张照片，是在1967年春节期间，我父亲用借来的照相机在我家门口拍的。当时我刚满3岁，我弟还没有出生。照片最右边的女孩是我家西邻王奶奶家对面住的小翠，小翠与我同岁，上小学以前，小翠家搬走了，我再也没有见过她。后来听我妈说见过一次小翠，已经长成亭亭玉立的大姑娘了。照片里的老母鸡是我奶奶养的，下蛋很勤快，小时候我总抢着去收鸡蛋。有一次，我不小心把鸡蛋皮碰裂了，奶奶就把鸡蛋磕在碗里让我生喝了，那以后我再也不去收鸡蛋了。

因为条件所限，我家的几个孩子都没上过幼儿园，一是没钱，二是无幼儿园可上。一些大单位有为内部职工开办的托儿所，像我家这种住在居民区的孩子是进不去的，周围很多孩子都没上幼儿园。离我家很近的含光门外有个西安市第二保育院，那是省直机关单位幼儿园。我只有站在门外看看，饱饱眼福。第二保育院这样的幼儿园全西安市也没有几个。

左起：我、我哥、我妹、我姐、西边邻居家小翠，后面是邻居家。1967年春节我父亲拍摄于我家门口

我家5个孩子都是二十世纪六十年代出生的。我在家里排行老三，依次是兄、姐、我、妹、弟。别人都说我妈会生，孩子是花着生的，也有人说我有福，兄弟姐妹一个不少。老话说：偏大的，爱小的，中间夹个受气的。确实，因为小时候的倔强，我挨父亲打最多。我哥是家里的老大，自然被家人宠爱有加。有一次父亲带着我哥到城里的城隍庙买了一个玩具小汽车，然后在城墙边玩耍，玩着玩着我哥睡着了，我父亲一看我哥手里的小汽车怎么没有了，于是不假思索地直接返回城隍庙又买了一个。回来后一摸口袋发现前面那个小汽车不知什么时候掉到了他的大口袋里，这样就有了两个玩具小汽车。我哥也是几个孩子中唯一有周岁纪念照的，我哥这张周岁照是1962年初在南院门大芳照相馆拍的。

1962年我哥的周岁纪念照

奶奶因为没有女儿，所以很喜欢我姐和我妹。我姐从小心灵手巧，快人快语，奶奶常说我姐厉害。我姐不仅厉害，还很能干，很早就会帮家里做家务，洗衣做饭，用钩针编织各种图案，用毛线织围巾手套等。几个孩子中我与姐姐的年龄最为接近，我们的共同语言相对更多，我姐对我的关心也最多，直到我30多岁成家，我穿的毛衣毛裤都是我姐手工织的。我姐总带着妹妹一起玩，玩编绳、跳皮筋、踢毽子、扔沙包、掷羊拐、养蚕等。有时嫌妹妹笨数落妹妹，着急的时候甚至还动手打妹妹，可是别人欺负妹妹那可不行。一次我妹与院子里的一个女同学闹了矛盾，我姐觉着妹妹受了欺负，就

我姐上初一时与同学合影，左一是我姐。1977年春节我父亲拍摄于省团校办公楼前

去找人家理论，结果我姐带着妹妹与同学姐妹俩打了一架。那时的人还是很讲武德的，女孩子打架，一般家里的男孩子不会参与。长大以后我妹与那个打架的女同学成了无话不说的好朋友，儿时闹矛盾打架的事成了笑谈。

二十世纪六十年代是中国人口出生的高峰，家里有四五个孩子的家庭很多，还有家里孩子更多的。上小学时我们班有一个女生，是家里的老八，上面有7个姐姐。我哥班里有一个男生，是家里的老十，是家里唯一的男孩，上面有9个姐姐。有些双职工家庭，没有老人帮忙带孩子，孩子会少一些，一般是两三个。

我家紧隔壁住的是王奶奶一家。听我奶奶说，王奶奶其实姓孟，是孟家庆字辈。因为王奶奶的丈夫姓王，所以别人就叫她老王婆。王奶奶有5个孩子，上面3个儿子，下面2个女儿。因为王奶奶与我奶奶年纪相仿，所以王奶奶的几个儿女就称呼我奶奶为大妈，称呼我父亲为哥。我们几个孩子就称呼他们为叔叔和姑姑，实际上王奶奶最小的女儿比我哥只大了4岁。我上小学后，王奶奶家的大儿子结婚了，后来生了个儿子叫小龙，成了中国的第一代独生子。小龙出生后不久晚上开始哭闹，哭累了白天睡觉，到了晚上又开始哭闹，折腾了好多天。有人给小龙爸妈出了个偏方，用毛笔在白纸上写个“天皇皇，地皇皇”的帖子，然后把帖子贴到院子门口的电线杆上，好像也没起什么作用。就这样，也不记得小龙闹了多少个夜晚，反正那段时间没睡好觉。

幼年记忆中最好玩的是防空洞。中苏珍宝岛冲突后，政府号召“深挖洞、广积粮”，居委会召开动员大会，每家都要出人参加挖防空洞的义务劳动。因为多数人白天要上班，所以就晚上挑灯夜战，一直挖到后半夜，所有人都很卖力，干得热火朝天。我家房子背后有一棵大树，居委会买了一口大钟吊在上面，延伸下来一条又粗又长的绳子，有防空警报时就拉响大钟，很远的地方都能听到，就像电影《地道战》里的那个大钟一样。那些条件好又有楼房的单位，会在楼顶安装一个电动警报器。那时的城市噪声很小，晚上夜深人静时，在城南经常可以听到城北的火车声。

1970年初夏的一天晚上，我睡得正香，突然大树上防空警报用的大钟被人拉响了。我们家小孩子多，父母忙不过来，我睡得迷迷瞪瞪的，来不及穿衣服，王奶奶家的大姑姑用一条毛巾被把我一裹，抱起我就跑去了防空洞，后来知道这是一场防空演习。进了防空洞我才发现，里面很长，四通八达，有一个个的“小房子”，还有通往水井的通道，就像电影里的一样，出入口也不止一个。这以后我就经常和其他小朋友一起到防空洞里玩。第二年上小学后，发现小学也有防空洞，里面也是四通八达的，有好多出口。有一次下去玩，在里面迷了路，转了好长时间才出来，耽误了上课，被班主任赵老师狠狠地批评了一顿。夏天穿着短裤在防空洞里玩的时间久了，我得了关节炎，膝关节开始疼，那以后再也不敢下防空洞了。后来参加了小学的体育队锻炼，关节炎才慢慢地好了。

我喜欢跟比我大的孩子玩，觉着跟大孩子玩有意思，可是我哥嫌我小，经常不情愿带我玩。一次，我哥抓了一只蛐蛐，放在了罐子里，我想看看，他就是不让我看，我就趁人不注意的时候偷偷掀开蛐蛐罐想一看究竟，结果蛐蛐一下子蹦出去跑了，我吓得赶紧溜走了。渐渐地，那些哥哥姐姐都到了入学的年龄上学去了，在院子里玩的孩子就少了。我经常跑到小学去，看他们在操场上体育课，踮着脚透过窗子看他们上课，心里羡慕极了。在我6岁半的时候，该给我姐报名上学了，我姐比我大1岁半，上学时快8岁了。我缠着家人也给我报名上学，家人给姐姐报名时带着我一起去了，我高兴地想着可以上学了，结果给我报名时学校说要满7周岁才行，家人也没有坚持，只给姐姐报了名就回来了，我回来后闹了好几天也无济于事。其实那时如果努力一下也是可以报上名的，我上学后班里就有好几个不满7周岁的同学。后来我明白了，同时增加两个孩子的学费，家里的经济压力太大，也是一个主要因素。第二年也就是1971年秋季，7岁半的时候我终于上学了。

一年级上了一年以后本以为该上二年级了，学校却改成了春季招生，结果又上了一学期的一年级。又过了一年学校改回了秋季招生，因此二年级也上了3个学期。原本五年制的小学就这样阴差阳错地上了6年。

我上小学的时候已经到了“文革”后期，红卫兵的事都是听大人们在说，感觉有些遥远。当红小兵则是同学们都努力争取的，红小兵的标志就是戴上红领巾。我们全班50多人，第一批加入红小兵的只有4个人，第二批是7个人，我是第二批加入的。当时正值备战备荒的年代，学校是仿照军队编制的，全校5个年级1600多人，学校设有团部；全年级300多人为一个连，设有连长；每班50多人称为排，设有排长；全排同学座位有6个纵列，就是6个班，我是其中的一个班长，刚好从周一到周六每个班轮流打扫教室卫生。不久后学校取消了“军队编制”，没有了连长和排长，我们就成了一年级四班，我变成了组长，红小兵也改成了少先队。那个当连长的同学是我们班的，后来也不是班干部，学习成绩也一般，一切表现平平。我总想不明白：他怎么就当了连长呢？

三排左三是我哥，二排中间是我哥的班主任常老师。我哥小学毕业后，常老师成了我的语文老师。面向南，后面围墙外是大学南路。1974年6月我哥的小学毕业照

上学后的第一节图画课（就是美术课）是一个年纪稍大的程老师上的，他在黑板上先用蓝色的粉笔画了一条直线表示大海，又用红色的粉笔在蓝色线条上画了一个半圆表示初升的太阳。可是那条蓝色的线是他随手画来，两边高、中间凹成了一条弧线。我在想，我见过的类似的图画，大海应该是平的，程老师为什么画成弧形的呢？但是又不敢问，心想老师这样画肯定是有他的道理的，就照着样子画了，只是把那条表示大海的线画得弧度更大了一些。第二次上图画课时图画本发下来了，老师在我的画上打了个红色的×，我顿时明白了，是程老师画画时的不认真误导了我。我虽然年龄小不敢跟老师说，但我知道了老师也会犯错误，从那时起我逐渐养成了上课认真听讲、独立思考的好习惯。从第二次图画课开始直到小学毕业，我的图画课成绩每次都是优秀。不久后图画课老师换成了年轻一些的郭老师，郭老师在美术上给了我很多有益的指导。

虽然小学的各种活动很多，但学习并没受什么影响，学校里仍是以学习为主，每门课程老师都抓得很紧，几乎每天都有家庭作业。除了正常上课以外，还有学工学农劳动，政府号召“工业学大庆，农业学大寨”。五年级时有一次学工劳动，是到小学后面的中华皮件厂，主要以制作皮带等小件皮制品为主，时间为一个星期，没有任何报酬，学工劳动结束时工厂给每个同学发了一条皮带作为奖励。

小学的后操场改成了农田，与关中其他地方一样，一年种植两季农作物：小麦和玉米。有一年收小麦时，我们班一个农村长大的男生很能干，用镰刀收割小麦，一点也不比大人差。小麦快收割完时出事了，这个男生用力过猛，镰刀砍到了脚上，大脚趾差点砍了下来，鲜血直流，老师用毛巾给他包住，赶紧送到了最近的省建工局职工医院。发生了这件事以后，学校就不允许学生用镰刀了。多数同学没干过农活，就帮忙捆扎麦子，捡拾掉到地上的麦穗。那天干活的时候我就感觉麦芒扎得身上不舒服，回家洗了澡换了衣服也不行，身上难受了好几天。总算是知道麦芒的厉害了，也真切地感受到了粮食得来不易，比念一百遍《悯农》诗记忆要深刻得多。

小学经常组织看电影，只要有新影片上映，都会在边家村俱乐部包场看电影，由于全校师生太多，一般都要连续包两场以上。看过的电影有《春苗》《决裂》《战洪图》《红雨》《青松岭》等。附近的大单位，如省团校、邮电局家属院、安装公司家属院、公路局设计院家属院等也经常在晚上露天上映一些老电影：《列宁在1918》《地雷战》《地道战》《南征北战》《平原游击队》《草原英雄小姐妹》《卖花姑娘》等。电影正式放映前会先放几集中央新闻电影制片厂的纪录片《新闻简报》，每当《新闻简报》中出现毛主席等老一辈国家领导人的时候，下面的观众都会响起热烈的掌声。

我所上的大学南路小学是陕西省和西安市的重点小学，学校组织的各种文体活动特别多。同学们办板报、写标语、画漫画，包括我在内许多同学的美术和书法功底都是那个时候练出来的。

上小学二年级时，和蔼可亲的班主任赵老师因病休假了，班主任换成了后来的张老师。从我妹上小学一年级的第二学期开始，赵老师成了我妹的班主任，对我妹也非常好。

我妹比我小两岁，因为改成了春季招生，我妹刚好满7周岁，这样就比我低一级。我妹上学后有个同班男生欺负她，我去她们班把那个男生教训了一次，以后再也没人敢欺负我妹了。因为自己有弟弟妹妹的缘故，我最看不惯那些恃强凌弱的人，看到有男生欺负女生时都要出面干涉；我的学习成绩一直很好，在全班名列前茅；我当组长，安排小组同学打扫卫生时也很公平；每学期优秀学生选举，我的票数都很高。班主任张老师虽然不喜欢我，但也无可奈何。

一天，我同桌的女生悄悄告诉我：虽然张老师说你不好，可是有人觉着你挺好的，你们组的小丹就说你为人正直、做事公道。小丹是个文静的高个儿女生，坐在我们组的后排，她父亲是高干。我知道，小丹说的话即使让张老师知道了，张老师也不敢说什么。从此，小丹成了我心目中最美的女生。上中学后，小丹和我不在一个班，语文课却是同一个老师。其他课程我多数漫不经心，但每次的作文都精心构思，成为语文老师评奖的范文，这样小丹就能经常听到我的名字了。几年之后听男生在议论女生，这才发现，小丹已经成了同学们心目中公认的漂亮女生。因为我和小丹不在一个班，缺少说话的缘由，每次遇见时也只是点头示意。后来让我难以释怀的是，与小丹最后一次见面，是在我高考失利后干了一个多月民工的时候。那天，我手握一把铁锨，迎面遇上小丹，互问了一下近况，闲聊了几句就告别了，以后再也没有了小丹的消息。小丹走后，我站在原地愣了很久，不知道小丹看见我当时的样子是什么感受，是很失望还是无所谓？

有一次我们几个小伙伴翻墙到隔壁的西北大学去玩，我右手腕摔骨裂

前排左四是我妹，左五是赵老师。面向东，后面是省建二公司家属院。1978年6月我妹的小学毕业照

了，然后单手翻墙回来了。先请院子里的一个老中医看了看，说是伤到骨头了，必须上医院，父亲就带我到西安市红会医院打了夹板。以此为借口，我请病假在家，几乎一个学期都没有去上学，胳膊上的夹板也不拆。其实伤已经养好了，只是我不想去。拆掉胳膊上的夹板时，里面都臭了。

现在想想挺有意思，学习好成了我的自卫武器。也是从那时起，我逐渐养成了不惧权威、自强自立的性格。

03

我的中学

1977年夏天，我终于小学毕业了，那是我一生中心情最舒畅的时刻。

我们兄弟姐妹所上的中学都是西安市第十三中学，与小学近在咫尺，也在大学南路上。在刚恢复高考的几年里，十三中每年考上大学的人数是周围（包括后来成为重点的）中学里最多的。恢复重点中学后，重点中学的虹吸效应使得十三中的师资力量与学生数量迅速下滑。八十年代中期，西安市第十三中学被撤销，原校址变成了民办的西安培华女子大学。

中学班主任杨老师是我一生中最应该感谢的老师，虽然杨老师只带我们班到高一，但我们说起中学同学时一般都是说杨老师带的我们老三班。中学毕业后几十年，我们老三班同学还经常去看望杨老师，到杨老师家聚会。这张照片是1985年春节期间我们老三班同学去看望杨老师时拍的，杨老师住在西北电讯工程学院（当时大家都叫西军电，后来改名西安电子科技大学）家属院，从杨老师家里出来，我们到马路对面西军电的校园里，在一个小土山堆上拍的。图片中有两个同学拿着烟还在吞云吐雾。上中学时杨老师是严禁

十三中82级老三班同学看望班主任杨老师。1985年春节拍摄于西北电讯工程学院

我们抽烟的，而这次我们看望杨老师时，杨老师把家里的好烟拿了出来招待大家。当时这些同学有的上了大学，有的参了军，有的已经工作。

杨老师对学生不仅学习上抓得紧，也很重视学生的道德思想风气。有一次一个男生对女生恶言恶语、口出脏话，杨老师很生气，严厉批评他说：同学之间就像兄弟姐妹一样，你在家里也像这样跟你的姐妹说话，看你父母抽不抽你！同学们都觉着杨老师说得对，那个骂女生的男生自知理亏，后来再也没发生过这样的事情。

我妈对几个孩子都很好，但我的感受是我妈对我最好。有一年全民选举，在中学的墙上贴有本地区的选民榜，我惊奇地发现小学一年级时的班主任赵老师、小学后来的班主任张老师、中学的班主任杨老师都与我妈同岁。

1979年上初三时我家花400元买了一台14英寸的海燕牌黑白电视机，是周围邻居中第一个买电视机的。因为我和父亲都是无线电爱好者，虽然家里并不富裕，但还是做出了这个决定。到了晚上，电视里播放美国电视连续剧《加里森敢死队》，家里就坐得满满当当的。到了夏天，很多光着脚穿拖鞋疯跑了一天的孩子一来，满屋子都是臭脚味，很久都挥之不尽。实在没办法了，只好说电视机坏了，铁面无情地拒绝了所有邻居。1988年我家花4000元买了一台21英寸的如意牌彩色电视机，也是邻居中第一个买彩电的，这时我家早就有能力买彩电了，只是很难搞到买彩电的票。

当时我哥喜欢航模、海模，我喜欢木头枪。上小学时我就经常刻制木头枪，我对电影《小兵张嘎》中嘎子拿的四不像的木头枪嗤之以鼻。上初中后，我刻制的木头枪如果再涂上烤蓝色几乎以假乱真了。《林海雪原》中杨子荣的二十响驳壳枪是我的神往之物。由于经常使用刻刀，以至于手指关节有轻微的变形，双手的握持力也比其他同学更大。有段时间，我一心想着将来去当兵，不为别的，就因为喜欢枪，而且我的视力很好，曾经幻想着成为一个神枪手。

在小学的时候我就爱看课外书，老师布置的作业一般我在学校里就完成了，其他时间我阅读各种能看到的书籍，但那时能看到的书并不多，基本上是我哥借来的，所以能得到什么书就看什么书。我看书速度很快，因为有些书是要很快还给别人的。上中学后心情一下子轻松了，能看到的书也多了起来。小说《林海雪原》《钢铁是怎样炼成的》，还有四大名著和当时流行的短篇小说《班主任》都是上初中时看的。还有手抄本小说《第二次握手》《一双绣花鞋》等。唐诗宋词也是我很喜欢的，有几次作文我是用诗歌的形式完成的，那以后同学们都称我为“诗人”。上初中时我的理想是，将来能当个名副其实的诗人和作家。

上初二时，学校举行作文比赛，其他几个班的班主任是教语文的，就给本班参赛的同学做了很多准备，搞了好多预案。我的班主任杨老师是教数学的，我也没做任何准备。作文比赛时我是临场发挥的，由于没有做充分的准备，作文完成时文字段落做了大幅调整勾画，版面有些乱。本来预定作文比赛只取前三名，到宣布比赛结果时我得了第四名。教我们班的语文老师知道我的作文实力，我是在没有任何预先准备的情况下临场发挥写的作文，得第四名主要是因为版面不够整洁。从小学五年级到高二毕业，几乎每次我的作文都被老师当作范文来评讲。

我刚上中学时全年级是7个班，初一结束到初三结束每年打散一个班分到其他班，被打散的班都是因为班风不好、纪律较差不好管理的，到高一时全年级就变成4个班了。我们老三班从初一年级一直到高二年级分重点班时才被打散。我从初三开始当班长，因为我的学习成绩好，能得到那些学习好的同学的认可，我也能与那些调皮的同学玩到一起，两头搞好，中间就好办了。当班长几年不仅极大地改变了我内向的性格，还锻炼了我思考问题和处理问题的能力，使我受益终生。

中学的教室里前后都有黑板，通常后面的黑板就用来办黑板报。我和孙光明、徐朝晖同学组成的班级板报组，三人分工合作，从黑板漫画、大字标语、内文楷书都有各自拿手的项目。不仅把自己班级的黑板报办得有声有色，还经常应邀帮助其他班级办板报、写大字。高一时，学校的黑板报由我们高一几个班轮流承办，我们三班板报组承办的黑板报亮相后，漂亮的板书和绘画令广大师生连声赞叹。轮到其他班承办时不得不保留我们的报头和部分板书，负责黑板报的老师无奈地批评他们：你们看看三班的板报，再看看你们的！只可惜高二分班后，三班板报组也被打散了。

初一的第二个学期，1978年的春天，班主任杨老师带我们班春游，去了临潼华清池。一个家里条件好的同学从家里借来了海鸥203相机，专门请了学校的一个年轻老师同行，负责给我们照相。在骊山我们搞了一个爬山比赛，那个帮忙拍照的老师嫌累没有跟着爬山，我就自告奋勇地承担起到山上拍照的任务，这是我上中学后第一次使用照相机。

第二次使用照相机是1980年春天，我们上初三时春游去了翠华山。因为上次春游的好多照片都是我拍的，这次杨老师就没有再麻烦别的老师陪我们去了。这次使用的是另一个同学从家里借来的苏联135相机，为了省钱买的简装135黑白胶卷，就是没有暗盒的那种胶卷，需要在暗室里提前装好，我晚上在家里蒙上被子把胶卷装进了照相机。第二天游玩到风洞附近时，几个好奇心强的同学都抢着用照相机拍照，结果相机出问题卷不动了，我就到风洞里

上初一时到临潼华清池春游，这是除了我（拍摄者）以外的全班男生。1978年拍摄于临潼骊山

找了一个最阴暗的角落，让几个同学脱下衣服帮忙遮挡光线，打开相机后盖整理了胶卷和相机，终于又可以正常拍照了。

春游回来胶卷冲洗后发现还是漏光了，这是我第一次拍照失败的经历。但我不甘心，又从同学那里借来了这个相机拍了一卷黑白照片，这是留下的其中一张，拍摄于1980年春天，是后来在隔壁的胡大哥那里放大的。从此我就开始梦想着什么时候能有一台自己的照相机。前不久我又去了一次翠华山，路修得很好，车可以一直开到风洞附近，去看了风洞和冰洞，但已完全没有了当年的模样和感觉。

1980年6月我们初中即将毕业时，全市进行了统一考试，考场设在不远处的西安市八十二中，这也是我第一次参加全市统考。但这并不是后来的中考，那时也没有中考的概念，高中开学后还是按原来的班级报到，自然我还是班长。全班有几个同学没来报到，有一个据说是脑子出了问题，还有几个到重点中学上学去了，有到九十中、六中、二十中的。当时刚刚恢复重点中学，有些消息灵通的同学就自己拿着考试成绩联系想要去的重点中学，也有成绩不太好的同学通过家长的关系去了重点中学。学校对这些同学的态度是既不鼓励，也不反对，多数人还是在原来的学校继续上高中。

我们班的学霸郑同学一直在十三中上到高二毕业，他比我们小三四岁，前面跳了好几级到了我们班，是我们年级真正的学霸，除了语文成绩不如我，总成绩永远是全年级第一，最后以高分考入了重点大学。大家都觉着他幼稚、古怪，因为年龄太小跟同学们也玩不到一起，我感觉他也许就是为了学习而生的。我时常在想，那些大学少年班的学生是否都像郑同学一样呢？上小学时我的学习成绩拿过全班第一，到了高一结束时，我的学习成绩是全班第二，第一名自然非郑同学莫属。

我家5个孩子，左起：我姐、我弟、我哥、我妹和我。1980年用我借同学的相机拍摄

上高一时，班主任杨老师因病请了假，学校没有合适的老师来当班主任，其实是我们班有几个难缠的“刺头”学生，其他老师都怕管不了。校长问当班长的我：如果暂时不给你们班安排班主任行不行？我说没问题。就这样将近一个学期我们三班没有班主任，都是班干部自行管理。这期间学校举行了一个以班为单位的接力比赛，我们高一·三班夺得了年级第一。因为接

力比赛考验的是整体配合能力，我们三班在没有班主任的情况下夺得年级第一实属难得，获得了校长和广大师生的好评。这时候我有了另一个外号“班长”，直到高中毕业后同学们还这样称呼我。

小学毕业时我们班没有毕业合影，初中毕业时也没有毕业合影，高一结束时我们三班获得了学校“五讲四美三热爱”运动的“四美班”流动锦旗，再加上班主任杨老师要调走了，这才有了这张不是毕业照的全班合影照。

1981年7月高一·三班6英寸合影，后排右一是我。边家村照相馆拍摄

“四美班”
留念

1981年高一结束时要分重点班和文科班了，班主任杨老师也要调走了，不带我们班了。我骑着自行车专门跑到西安交大我哥的宿舍去征求他的意见。我是想报文科的，因为我理科虽然也不差，但感觉更喜欢文科。我哥说还是报理科好，我父母也不同意我学文科，那时候有“学好数理化，走遍天下都不怕”的说法，所以就选择了理科重点班。

重点班是从原4个班级按学期总分数每班选前十几名组成的，全班将近60人，以前各个班的班干部几乎都到了重点班。新任班主任吕老师与我们老三班班主任杨老师一样都是教数学的，带的是不同的年级，她们的性格脾气也大不相同。开学后吕老师任命原四班的班长为重点班的班长，任命我为副班长。对于班主任杨老师的调离和老三班的解散，我很不适应，还是跟以前的同学一起玩，我的这种状态自然影响到了后面的高考。班主任吕老师感觉很奇怪，找我谈话说：你为什么喜欢和那些学习差又调皮的学生一起玩？其实跟我一起玩的既有学习好的也有学习不好的。

高中阶段也是我对摄影痴迷的时候，我想过报考北京电影学院的摄影专业，但在省招办出的《招生简报》上的招生学校里并没有看到北京电影学院的名字，我也不知道北京电影学院是怎样招生的。那时在一般人眼里摄影是不务正业的一种，如此疯狂的想法我是不敢告诉父母的。不仅父母，可能周围的人知道了都一定会认为我疯了。1983年的时候，我在报纸上看到雁塔路一个机构招聘影视摄影人员，我还去报了名，不用说自然是没有了下文。

高考前先进行了预考，重点班的同学基本通过了，其他班只有少部分人通过，通过了预考才能报名参加正式高考。整个八十年代大学招生人数不到500万，平均每年不到50万人，通常人们说的高考招生的录取率，是在参加高考的考生基数上计算的，岂不知八十年代很多人连参加高考的资格都没有。如果按庞大的适龄人口基数来计算，八十年代高考平均招生比率极低。

高考成绩出来后，班上除了几个插班补习的同学外，只有3个人考上了大学，我是全班第6名，因为我们是重点班，所以我也是全年级第6名，离大学招生分数线差了十几分，够上中专了。那时有初中专和高中专，层次高一些的中专院校只招收应届高中毕业生，从高考生中按成绩择优录取，能上中专的也都是学习非常好的学生，那时的高中专院校后来全都变成了本科院校。有两个同学上了中专，多年后一个上了中专的同学告诉我很后悔，自己一辈子就是吃了中专学历的亏。高二重点班里一些不太了解我的同学说：你连作业都不做还考得那么好；而熟悉我的老三班同学说：你没考上大学让人很意外。我自己心里清楚，以我的实力应该可以考上大学的，但以我当年的努力程度考不上也很正常。我当时也有点小后悔，如果自己稍微用点心努力一下，可能第一年就考上大学了。

虽然重点班的同学第一年多数人没考好，可是这些同学基本都是学校周围的设计院、研究所、大专院校、医院、邮局等单位的子弟，家庭环境和学习基础都不错，后来经过补习，这些同学很多都考上了大学，成了各行各业的骨干和精英。

临近高中毕业的时候，班主任吕老师让我联系毕业合影照。其实我们学校不远处有个边家村照相馆，但我慕名大芳照相馆已久，于是骑着自行车到城墙里的南院门大芳照相馆预约了拍照时间并交了定金，约好了到时我来带路。到了预约的时间，我骑着自行车来到了大芳照相馆。我以为要搬那么笨重的座机肯定要动用汽车的，没想到就两个人，一人带一个箱子，用自行车就带来了，我这才知道有专用的外拍机拍合影照。两个照相师傅一个30多岁，一个看样子还不到30岁，说实话，我心里有点小失望，我本来想着会来一个年纪大的老师傅呢。

1982年6月高二·一班毕业8英寸合影，四排左二是我。因为重点班全体都是团员了，班主任吕老师让在照片上写上团支部。大芳照相馆拍摄

班委会团支部全体留念 82.6.18.

04

我哥的大学

我们家几个孩子上学是很让父母省心的，从我哥我姐到我和我妹基本上每个学期末都能拿回家一张五好学生或优秀学生的奖状，几年下来奖状几乎贴满了家里的一面墙。但不久问题就来了，1976年中学是四年制，初中两年，高中两年，高中毕业是要下乡的。我哥作为家里的老大已经上了高一，还有一年多就面临下乡的问题。西安知青下乡的地方是按父母单位来划分的，如果父母工作单位太小或是没有工作单位就由街道办事处来安排。按我父亲的工作单位，我哥将来下乡的地方是陕西彬县，当时彬县是非常贫困的农村，知青干了一年，挣到的工分不仅不够吃饭，还需要家里补贴。我家由于孩子多，经济状况本来就不好，而且我哥的体质较弱，家里人很担心他将来下乡怎么办。

1976年，我哥得了阑尾炎，先去了省医院，当时正值唐山地震时期，省医院拒绝接收。我妈就托熟人关系，住到了附近的省建工局职工医院，就是现在的友谊医院，住院病房和手术都是在防震板房里。出院的时候正赶上粉碎“四人帮”，我随父母一起接我哥出院。父亲骑着借来的三轮车走在马路

我哥高中毕业时没有毕业照，这是他们高中毕业几年后在省公路局大院里高中同学聚会合影，站立者右四是我哥。1984年拍摄

上，街道两旁都是打倒“四人帮”的横幅和标语。路上我父母就商量着要么给我哥办个因病退学，这样就不用下乡了。我哥把家里的想法告诉了班主任曹老师，曹老师没有同意。我哥是班里的学习委员，学习成绩一直是年级里拔尖的，曹老师是带数学课的，有时因病请假，就由我哥替她给班里上数学课，曹老师觉着我哥退学太可惜了。曹老师的丈夫在市教育局工作，1977年新学期开学后，得到了要恢复高考的小道消息，曹老师专门去了我家，告诉我父母说可能要恢复高考了，不要考虑退学的事了，要抓紧时间备战高考。

1978年2月，我哥不负众望，在他17岁生日那天，收到了西安交通大学的录取通知书，是十三中教导主任刘老师亲自送到我家的。就这样我哥的中学只上了三年半，就以在校中学生的身份，在恢复高考的第一年考上了大学。西安市第十三中学本身的生源是大学南路小学，但是我哥那一届还接收了来自附近体育路小学的学生，全年级共有12个班，600多名学生。学校通过多次考试，选拔了30名在校生参加高考，1977年他们这一届的在校生考上了7个，我哥考上的西安交大，是他们同期同学考上的最好的大学。我哥考上大学后，我奶奶非常高兴，买了100多元钱的喜糖，给周围认识的人散发。我哥考上大学是老太太心目中的大喜事，那时的100多元钱是我们全家好几个月的生活费。

高考后，大学还没报到，1978年春季中学开学的第一天，我哥还晕乎乎地坐到中学的教室里准备继续上课，是同学们提醒他：你已经考上大学了，不用跟我们一起上课了。

1978年3月，交大报到的时间到了，我父亲骑着三轮车与我母亲一起去送我哥。因为中学已经开学了，我要上学就没有跟着去。交大在我家正东，沿着环城南路一直向东，大约5公里就到了交大的北大门。当时天气还很冷，带的被褥比较多，我父母主要是帮我哥送行李的。虽然从我家到交大的距离并不是很远，但是由于没有直达的公交车，我哥从家里到学校往返并不方便。后来我哥星期天回家再返校时，很多次都是我骑着自行车送我哥回学校的。

前排左一是我哥。我哥仅有的几张在交大上学时的照片，是用我从中学同学那里借来的相机拍摄的。
981年12月我哥和交大同学在西安交通大学北门口合影

我哥考上的是西安交通大学电机工程系电气绝缘技术专业，多数人不了解这个专业，包括我哥和家里人。当别人问我哥是什么专业，得到的答复是“绝缘”时，都一头雾水，不知道这个专业究竟是做什么的。“绝缘”专业虽然知道的人不多，但电机工程系是西安交大的强势专业，至今仍是国内院校中的顶尖水平，为国家输送了大量的科技人才。77级学生所用的教材，都是交大现编现印的。要把以前工科普遍5年制的功课压缩到4年，只是把工艺实习的时间压缩较多，课时压缩较少，因此课程很重。其中全面的数学和机械类课程，都是后来很多学校的电类专业没有开设的。得益于这些全面的教育和厚实的基础，77级学生这个群体为我们国家做出了突出贡献，我哥他们班的很多人成了高压电气领域的专家学者。

本以为我哥是班里年龄最小的，后来才知道他们班还有个16岁的同学，而年龄最大的同学已经30多岁了。最大的和最小的同学之间的年龄差已经超过了十二属相，同学之间已经无法用中国传统的属相来判断年龄了，因为同一属相的两个同学也许年龄整整相差了12岁。全班有47名同学，相对现在一般30多名学生的班级来说是超编的大班，班级名额超编是当年大学的一大特色。全班有10个女生，在电机工程系是女生偏多的班级。这些同学来自五湖四海，工农商学兵，几乎做什么的都有，其中有一半同学是来自南方，只有5个西安本地同学。因为交大是上海搬迁过来的，老师也有很多是上海人。同学之间巨大的年龄差异和师生巨大的地域差异，造就了西安交大一个特有的现象：虽然地处西北内地，但校园里却是南北文化、各地方言、异域风俗的交汇地。南方同学的聪明活跃与北方同学的敦厚质朴、大龄同学的成熟稳重与年龄小的同学的纯真好学交织在一起，大家从不同的地方、不同的行业进入大学，宛若一个大家庭。

交大宿舍有8个床位，住了7名学生，空余1个，给大家放行李。住在宿舍的第一天晚上，大家睡得正香，忽然有人大喊：孩子，孩子，我的孩子不见了。睡在门口下铺的同学急忙到门口拉开电灯，原来是他对面上铺的湖北同学在喊。大家依然不解，湖北同学又解释了好一阵，大家这才明白他要下床去厕所，要找鞋子，从他口中喊出，就成了孩子。就是这个同学日后成了大家的义务理发员。我为了文理科分班的事到我哥宿舍去征求他的意见时，就看到在他们宿舍的过道里有同学在理发，我还好奇地问了我哥。一个来自湖南的同学，第一次收到家乡湖南桃江县的信，就是湖南民歌《桃花江是美人窝》里唱的那个桃江县，信封上的地址写的是“西安省陕西县交通大学”。这样的家信虽然收到了，但也说明西安虽然是西北地区的中心城市，在那个不开放的年代，很多人并不了解西安。

国家给77级学生发放助学金，是让个人根据家庭经济状况申报，共分4个等级：一等20元、二等17元、三等15元、四等11元。由于很多学生来自工厂，国家给予他们带薪上学的待遇，助学金总额没有用完，因此又增加了五等9元。按我家的经济状况我哥申领到了一等20元的助学金，不久国家给居民每人发放5元生活补助，大学生减半又加了2.5元。所以我哥每月可以领到22.5元的助学金，这些钱足够我哥上学所需的费用了，我哥上大学也减轻了家里的经济负担。后来公费大学生的助学金就是在这个最高等级的22.5元上加了0.5元，23元这个助学金数额一直延续到我弟他们最后一届公费生，整个八十年代期间再也没有变，九十年代开始大学生上学逐步改成自费了。

我哥刚入校时，教室和宿舍都没有暖气，但不久就开始施工了，毕业以前终于用上了暖气。而后来我上学的陕西机械学院和我弟上学的西安美术学院，在我们上学时期以及整个八十年代，宿舍都是没有暖气的。我哥刚开学时吃饭用的都是餐券份饭，后来有了营业窗口，最后都改成了饭票，吃多少，付多少。我家生活在西安，也算是大城市了，即便是家里经济条件不好，也从来没有吃不饱饭的时候，但是好吃的东西并不是很多。我哥在交大的伙食却比家里还好，有时看到有特色、好吃的菜，就在周末的时候多买一份带回家来让家人也尝尝。很多年以后，我哥还记得交大学生食堂有名的阳春面和狮子头都很好吃。

本来以为在大学里只要好好学习就行了，没想到体育课的考试成了问题。大学执行的是体育课考核少年组18岁标准，但是他们几个年龄小的同学推铅球、拉双杠等都不达标，他们就一起给体育老师提意见，说他们不到18岁。最麻烦的还是体育课毕业考试，考的是游泳项目。游泳考试是从交大在上海时延续下来的项目，是南方同学的强项，不仅夏天游泳，最初两年还组织冬泳。但游泳是北方同学的弱项，很多北方同学始终就没学会游泳。好在允许用10公里急行军代替，就是围绕操场的400米跑道跑25圈，还要负重10公斤。我哥背了一条毯子，体育老师用秤一称说不够重，又给毯子里塞进两颗训练用的手榴弹，其实重量还是不够，体育老师也没有为难他，最后算是体育成绩达标了。

1980年初夏，学校组织去交大的五七干校帮助夏收。交大的五七干校在陕西彬县，就是我父亲单位的子弟下乡要去的地方。全班是乘大卡车去的，

左四是我哥。1981年12月我哥和交大同学在西安交通大学双杠场地合影

同学们站在车厢里，吹着迎面而来的风，一路上唱着歌。到了五七干校，住在新修建的干净整洁、冬暖夏凉的窑洞里。干校的生活条件不错，有一台发电机，一台抽水机，一台电视机，窑洞里有电灯。学生劳动期间吃的都是白面，还杀了两头猪。因为是体力劳动，除了正常的一日三餐外，上午10点和下午4点各送一顿饭到麦收现场，这样下来就是一天五顿饭。同学们能吃能干，很是锻炼身体。交大的五七干校在贫困的当地人眼里如同天堂一般，被当地人称作“小北京”。

我哥在交大上学时有两次实习的机会，第一次在校办工厂，学的是车工和翻砂。实习时学的车工手艺在以后的工作中派上了用场，在新产品研发中，我哥到车间自己动手加工一些简单的机械零件，加快了产品研发进度。第二次是毕业实习，最后一个学期开学后不久，去上海电机厂实习两个月，这也是我哥第一次坐火车出远门。在上海电机厂，全程学习了电机生产过程和工艺，参观了我国著名的十二万五千千瓦双水内冷发电机组以及万吨水压机。以前只是听老师说上海的各种优点，这次同学们切切实实地感受到了上海的时髦、上海的风情、上海的精致、上海人的认真、上海商品的琳琅满目。尤其是女同学，一个个逛街时都流连忘返，看花了双眼。回来时女同学个个都变了样，头发变成了时髦的卷发。

1979年除夕夜，消失多年的交谊舞第一次出现在人民大会堂的联欢晚会上，著名女演员盖丽丽优美的舞姿被人们津津乐道，虽然男女舞伴之间保持着很大的距离，但有了国家举办的大型舞会，人们已经感觉到了不一样的政策信息，随后几年交谊舞会在各地逐渐兴起。1981年我哥他们上大学的最

右一是我哥。1981年11月我哥和交大同学在上海实习合影

后一年，交大也举办了几次交谊舞会。也许因为课程繁重，也可能因为同学们还不习惯，去看的人不少，下场跳舞的人不多。其中一个女生跳交谊舞时为了避免皮肤接触，甚至戴着厚厚的手套。后来国家对交谊舞的政策逐渐收紧，八十年代中期交谊舞才逐渐解禁，并很快成为流行趋势。

77级不仅高考来得急，学业赶得紧，就连毕业都显得很匆忙，1982年1月放寒假前开始办理毕业手续。我哥他们毕业时，所有手续办完后先发了红色的毕业证。又过了两个月，新学期开学后，学校工作人员打电话到我哥的工作单位，说学位证办好了，我哥就去交大把绿色的学位证取了回来。在外地工作的毕业生，学位证是学校通过邮局寄去的。

我哥我弟大学毕业时必须上缴学生证和校徽才给办理毕业离校手续，我大学毕业时只要求上缴学生证，象征性地交一元钱就可以保留校徽以作纪念，学校这样做显然更人性化一些。

大学毕业以后，我哥被分配到了政府机关工作，但他觉着自己更适合搞技术，几年后主动要求调到了某研究所。周围不少人都说他：你端着金饭碗不要，非要调到研究所来。在国家检测中心任职期间，经常有外国专家来访，陪同的翻译因为不懂专业术语而无法交流，就请我哥充当翻译，由此练就了我哥流利的英语口语。后来我哥一直从事技术工作，得益于在交大学习打下的理论基础和日后多年的工作实践，从弱电到强电，从硬件到软件，在电子和电气的很多领域，我哥都是不可多得的技术专家。

我哥的毕业证

我的毕业证

我弟的毕业证

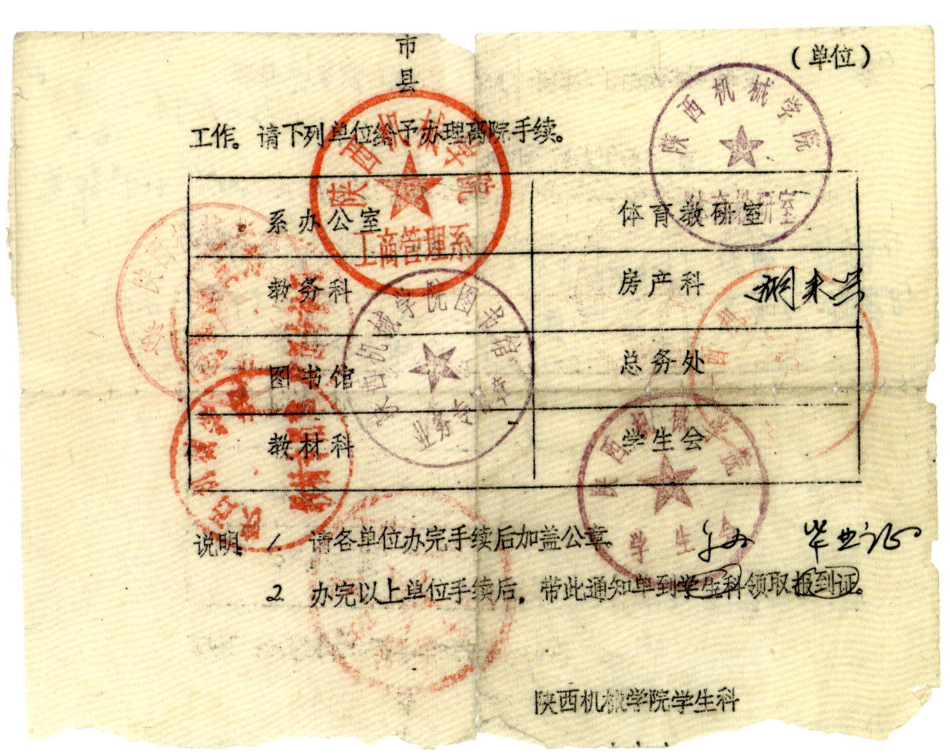

市
县　　　　　　　　（单位）

工作。请下列单位给予办理离校手续。

系办公室	体育教研室
教务科	房产科
图书馆	总务处
教材科	学生会

说明：1. 请各单位办完手续后加盖公章。

2. 办完以上单位手续后，带此通知单到学生科领取报到证。

陕西机械学院学生科

我的毕业离校手续单

西安交大绝缘专业七七级

三排左一是我哥。1982年1月我哥的西安交通大学毕业合影

05

我弟的大学

我们兄弟三人都是六十年代出生的，也都是八十年代的大学生。我哥是1982年1月西安交通大学毕业的，是八十年代毕业的第一届大学生；我是1988年陕西机械学院（以下简称陕机院，于1994年更名为西安理工大学）毕业的；我弟是1988年考入西安美术学院的，可以说是八十年代最后的大学生。

我弟在家里最小，也最开朗活泼、能说会道，很讨人喜欢，也很会讨父亲的欢心，从小就是院子里的孩子王。一个邻居家大哥是解放军军官，趁着回家探亲的机会送给我弟一套红领章和一个红五星帽徽，那时的男孩子们都很崇仰解放军，得到这个特殊礼物后，我弟高兴了好长一段时间。我父亲借来了海鸥双镜头120照相机，调好相机由我取景并按下了快门，这张我父亲和我弟的合影照是1975年春节在我家附近的省团校办公楼前拍下的。

我弟也最贪玩，并不是老师眼里所谓的好学生。我们兄弟姐妹就读的小学都是大学南路小学，是省市重点小学，在校学生很多，经常需要表演文艺节目，以舞台剧和小话剧为主，这是我弟的拿手戏。我弟聪明活泼，表演自然不

我弟和父亲的合影。1975年春节拍摄于省团校办公楼前

怯场，深受大家的喜爱。我弟的记忆力很强，别人通常需要一周左右才能记熟的台词，我弟两三天就能背诵，而且在舞台上还敢于临场发挥，每次演出效果都非常好。由于我弟贪玩，经常不去排练节目，虽然每次都能顺利完成演出任务，但老师还是想换掉我弟找别人替代，但每次都很不成功，替代的人表现呆板，演出效果很差。无奈之下负责排练的老师多次找我父母，希望多管管我弟，但是收效不大。我作为哥哥，当时在大学南路小学上高年级，也被我弟的班主任老师多次叫去替父母挨训。

我弟从小就喜欢画画，经常照着家里的小人书或者日历牌临摹上面的人物。有一次放学很晚了还没有见我弟回家，全家人都很着急，我们家距离大学南路小学很近，走路十分钟都用不了，所以全家人都很担心。正准备出去找，我弟在临近天黑的时候回来了，原来他在我们家隔壁的省建一中临摹宣传栏里的漫画，画了好多张，忘记了回家的时间。那一年是1977年，我弟上小学三年级。

我弟上了初中后，贪玩之心不改。临近初中毕业时家里人感到了危机，以我弟现有的文化课成绩尤其是理科成绩是不可能考上大学的，于是经与我弟商量，决定让我弟考文科。我弟上高二时，转到了西北大学附中文科班就读。在西大附中的学习经历，让我弟感受到了认真学习的风气，他自己很快融入其中。我弟就读的文科班有个周同学，他的哥哥正在西安美院读书，于是经周同学介绍，我弟就开始和周同学的哥哥学习绘画，这是我弟正式开始学习绘画，家里也同意让我弟考美院。

1988年春季我弟在美术培训班

在西大附中文科班学习的两年，我弟无论是文化课还是专业课的成绩都有很大提升，在高二第二学期和周同学的哥哥学习的同时，还参加了西安美院师范系在城南八里村开办的美术培训班。由于授课老师都来自美院，所以教学质量很高，每年从这个培训班考上美院的考生也特别多，当时有“美院预科”之称，许多外地的考生也来这里参加培训。

我弟在美术培训班的时候，晚上10点左右下课，之后同学们会结伴去火车站画速写，所以那段时间天天回来得很晚。由于美院专业考试的初试和复试都要考速写，而初试只考5幅速写，如果初试没有通过，就没有资格参加专业复试和文化课考试，所以大家都很重视速写的练习，尤其是临近初试的时候，考生们越发勤奋。火车站候车大厅旅客很多，往往保持着休息的姿势，很少活动，所以候车大厅就成了大家练习速写的好去处。同学们三五成群地在火车站候车厅画速写，经常被巡查的车站管理人员驱赶；也有些老年人因为迷信，不愿意被人画像，认为会被摄走魂魄，所以经常起冲突。即便如此，同学们依然没有放弃。

其实我们三兄弟都有美术天赋，语文也都学得特别好。我上小学时，因为画得好，学校搞墙报展览时班主任必然要我出作品。我家没钱买彩笔，每次都需要借同学的，班主任张老师说我：你那么喜欢画画，为什么不让家里买上一套彩笔？我很不服气，心里想：又不是我要画的，我是给你们班和你班主任争荣誉，凭什么我自己买彩笔？张老师批评调皮的学生时经常说：那谁谁，让许安平给你画个像，你自己看看你是什么样子！事实证明让我弟考美院的决定是正确的，后来我弟顺利地考上了西安美术学院，文化课成绩比美院规定的分数线高出100多分。

我弟上学的西安美院位于长安县杜曲镇，虽然距离西安市只有几十公里，但因为交通不便，给人感觉非常偏远。学生宿舍是山坡上的平房，用的是距离宿舍很远的公共厕所。夏天蚊虫肆虐、老鼠横行，秋天癞蛤蟆成灾，到了冬天又特别寒冷。整个学校没有暖气供应，冬天只好把所有的被子、衣服都盖在身上，早上起来眉毛上会结一层霜，茶缸里的剩水第二天会冻成硬邦邦的冰块。

左三是我弟，我弟背的相机是我送给他的华山AE。1989年我弟和美院同学外出写生合影

由于学校条件艰苦，而且画画需要一个大摊子，学生宿舍根本无法满足要求，于是美院的学生纷纷到外面的村子里租房，经常能够看到每天傍晚美院学生吃过晚饭，提着在学校水房打的开水走出学校大门去往租住地的情景。这些同学的租住房也成为大家聚会的场所。我弟全班同学只有8个人，班上一个来自陕北延安的同学在外面租了一间房子，成了全班同学聚会的场所，大家经常在一起讨论绘画还有艺术。那时同学们特别喜欢聊哲学、文学和艺术，尼采、弗洛伊德等经常被同学们挂在嘴边。王朔的小说也很流行，也是同学们经常聊的话题。同学们都喜欢看电影，但是美院的学生要到好几公里外的红旗手表厂去看电影，来回路上花费一个多小时，同学们依然乐此不疲。

美院学生入学后，要画色彩静物。这些静物一般是由各种瓶瓶罐罐、各色衬布以及应季的各种水果组成。其中水果是描绘的主要内容，一般是代课老师将这些静物按照一定的教学意图摆放好，短期作业半天画好，而长期作业则须连续画好几天。那个时候物质条件并不充裕，这些水果对于同学们来说算是不大不小的奢侈品，有时那些水果会被画画的同学们偷偷地吃掉，这里面也有恶作剧的心理。偷吃静物水果是有技巧的，因为大家天天要画，老师也要天天指导，偷吃了还不能露出破绽。并不是所有的水果都能被偷吃，容易被偷吃的是成串的葡萄、成堆的柑橘和一把一把的香蕉，因为这些水果缺少了一些并不会被一眼发现。有一次老师摆了一大束临潼特产火晶柿子，鲜红鲜红的，看得同学们垂涎欲滴，大家都想尝尝。在老师离开后大家认真研究了这一束柿子的结构，仔细分析之后从背后下手，一连摘下五六个，丝毫没有影响画画的效果。

右二是我弟。1988年我弟和美院同学在出租屋

上人体课之前，学校安排了一次人体解剖实习，因为要画好人体就必须了解人体结构。人体解剖实习是在当时的西安医学院（现在的西安交大一附院）解剖室进行的，同学们第一次面对真实的解剖人体，目睹上肢的三角肌、肱二头肌，躯干部位的胸大肌、腹直肌、背阔肌等肌肉在解剖老师的手术刀下被揭去皮肤显现出来，有一些肌肉块还被剥离下来展示，例如三角肌剥下展开后就真的是三角形的样子。解剖课回来后，大家基本都没有去吃午饭，满脑子都是人体结构组织，鼻腔中还留存着淡淡的福尔马林的气味。有同学说，从那以后连续几年都无法面对大块的肉食。

人体写生是美院学生的必修课。人体被认为是最完美的，而且人物是绘画创作的主要内容，要想画好人物，就必须了解人的肌肉骨骼结构，而画人体是最科学的训练方式，所以人体写生训练是美院纯艺术类专业的重要课程。由于当时条件和观念的限制，人体模特儿很难找，美院当时使用的模特儿一般来自周边农村，各方面条件都很一般。哪个班画人体，学校就会给哪个班发一个屏风，摆在教室的门口，这样一来楼道里来来往往的行人就不会一眼看到教室里面。画人体的时候在教室中间摆放一个大约单人床大小的模特台，上面铺着一些各色衬布，模特就被带课老师安排在教室正中，大家各自找自己满意的角度，画架围拢一圈绕着模特画画。天冷的时候，人体课画模特都是在教室里生火炉，每个班教室的角落里都堆着煤堆，火炉是汽油桶改装的，特别暖和。有时候当模特的老大爷会带来红薯烤在炉子上，课余时间大家一起吃着红薯聊着天，其乐融融。

左起：我父亲、我妹、我弟、我哥、我妈。1989年春节拍摄于我家

西安美院的主体位于长安县少陵塬畔兴国寺的山坡上，只有刚进大门处的小广场以及教学楼和行政楼位于仅有的平地之上。学生宿舍是一排排的平房，依山坡而建，随着地形的变化错落散布在山坡上，最上面是美院附中。美院校园内的很多地方并没有名字，于是美院的学生就给这些地方起了名字。比如美院后面东山与西山之间有一个小桥，就被取名“卢沟桥”，为什么叫这个名字大家都说不出个缘由。美院有几间带天窗的平房是五六十年代的素描教室，因为画室内写生最好是用顶光，所以这几间房及其房前的空地就被称为“素描院”。美院的操场在学校对面，隔着一条马路，再往里走就会见到一条河，河水被杜曲造纸厂流出的污水污染，翻腾着白色泡沫，于是就被称为“啤酒河”。最具人情味让人感到温暖的名字莫过于“好望角”，那是美院学生宿舍高处的一个山体转角，转角处有一盏路灯，远远就能看到。美院学生从几公里外的红旗手表厂看电影回来，当看见这片昏黄的灯光时，就知道美院已经不远了。条件简陋的学生宿舍在此时就是家的感觉，那片昏黄的灯光也有了几分家的温馨。

我弟是西安美院最后一届公费生，不仅没有学费，而且学校每个月会发23元助学金，有些家里经济条件不好的同学依靠这点助学金就能生活下去。因为学校条件艰苦，我弟经常回家，乘坐往返于西安和杜曲镇的长途车，乘车地点一个是南门外，一个是小寨十字，每次都要等人坐满长途车才开车，有时要等很长时间。我弟每个月回家都要问我几次有钱没有。我当时刚刚工作，虽然工资不高，但每次都会给他。我弟上大学时专业成绩很好，他的美术作品我都给他翻拍了下来。

1988年拍摄于我家

1988年底我弟有次回家，胸前戴着校徽。学艺术的学生都不喜欢墨守成规，我弟的校徽并没有戴在左侧胸前，而是有意戴在胸前正中，并且是在外套里面的毛衣上。在家里我用理光相机拍下了这张照片，由于我家当时住在一楼，家里光线比较暗，所以使用了闪光灯。墙壁上方挂着我弟收集的凤翔民间艺术“虎脸”。

西安美院的主要建筑基本是上个世纪五六十年代建造的，带有明显的苏式风格，校门很有特点，铸铁的欧式铁门每到晚间10点左右就会上锁，但是经常有晚归的学生在锁门后回到学校，这个时候任凭你喊破嗓子也不会有人给你开门，只能翻门而入。几乎每个美院的男生和相当一部分女生都翻过这两扇沉重的黑色铁门，时间一长，这些经常晚归的同学翻门翻得非常熟练了。

八十年代流行各种现代画派和美术观念，有着浓郁的学术探讨氛围，并在八十年代中期达到了顶峰，形成了美术史上著名的“八五美术思潮”，其影响直到九十年代末而不衰。那段时间里，各种绘画理念和技法冲击着旧有的传统观念，西安美院的同学们标新立异努力探索成为风气，涌现出一批优秀的美术作品。很多八十年代西安美院的大学生日后成了知名画家。1994年，西安美院整体搬迁到了西安市区的含光路上，离我家三站路的路程。

我弟从西安美院毕业后被分配到了西安市某区教育局，在九十年代“下海”浪潮的影响下，我弟放弃了“铁饭碗”，与朋友一起办起了艺术广告公司，经营得有声有色。同时我弟对古家具和古代瓷器表现出了浓厚的兴趣，30岁出头就在西安的古玩界有一定的影响力，被称为古陶瓷研究的“三小”之一。经过数十年坚持不懈的实践和研究，我弟在文物鉴定和艺术考古，尤其是明清家具鉴定领域有着很高的造诣，多篇论文发表于《南方文物》《美术观察》《陕西历史博物馆馆刊》《中国港口博物馆馆刊》等刊物，被西安中国画院聘为重大题材美术创作工程评审委员会专家。现在我弟担任某博物馆副馆长，同时在西安多所高校的艺术史类和文物类专业担任授课教师和校外研究生导师。

左边是我弟。1988年我弟与同学在西安美院大门口

06

我的照相机

从上小学时用父亲借来的照相机，到上初中时独立操作从同学那里借来的照相机，虽然我还没有自己的照相机，但我已经掌握了摄影取景和曝光的基本知识和要素。我的第一本摄影书是1982年出版的于海寰编译的《摄影技术200问》，此书是根据日本的摄影丛书编辑而成的。从中我学了不少东西，比如“全张晒印法”。

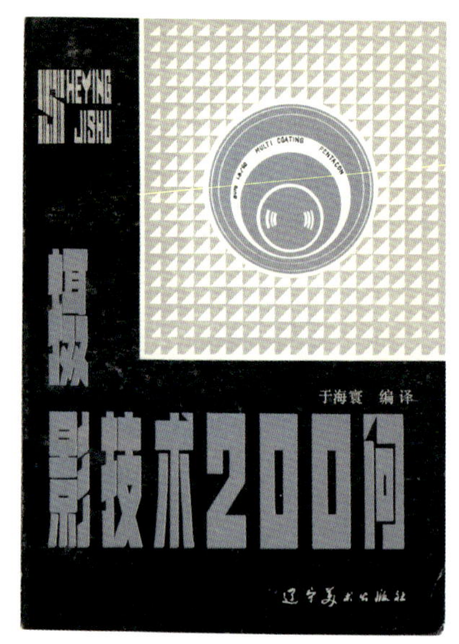

《摄影技术200问》封面

我上高中时，社会正处于百废待兴、新生事物层出不穷的年代，年轻人穿喇叭裤、听流行音乐，照相机也不再是普通老百姓可望而不可即的东西，一些年轻人喜欢上了摄影。我家隔壁的胡大哥比我大8岁，是个回城知青，工作之余喜欢玩摄影，他有一台孔雀DF单反相机。我第一次从胡大哥这台单反相机的取景器里看到无视差的明亮影像，心里

1983年我在胡大哥家充当暗室的卧室里

羡慕不已。后来胡大哥添置了一套黑白暗房设备，放大机、印像机、上光机等一应俱全，但放大的照片总是发灰。有一天我对胡大哥说要不我来试试，胡大哥半信半疑地同意了，因为在他眼里我还是个小孩子。那天晚上，我经过试验发现照片发灰主要是因为曝光时间过长，缩短曝光时间，掌握好合适的曝光量，照片终于不发灰了。这是我第一次进暗房放大黑白照片，也解决了困扰胡大哥的问题。

就这样，我成了胡大哥在暗房洗印的帮手，在我有了相机以后，我也是在胡大哥这里蹭药水和相纸的常客。一次，胡大哥拍摄完以后需要冲洗，发现相机里还有一张胶片未拍摄，就在他充当暗室的卧室内用胳膊支撑在桌子上拍了一张我的照片。

《摄影技术200问》中所说的“全张晒印法”，就是把135底片，每隔6幅剪下来，共剪成6条，铺在12英寸的相纸上，用印相的方式印成一张大照片。把这样的全张晒印照片装订成册，既可用于底片的收藏管理，也方便了底片的挑选。因为我用的是8英寸规格的相纸，所以一次只能印4条底片。

全张晒印法照片

由于我高考的失利，父亲非常失望，父亲对家里人宣布不会管我的出路问题，也不让我去他们单位上班。我姐、我妹都是在高中毕业后就去父亲单位的劳动服务公司上班的。其实即使父亲同意我去他们单位上班我也不会去的，那时脑子里想的都是照相机和摄影的事。1983年国庆节后，我向父亲提出想干一段时间民工，父亲同意了，就和他们单位外包修缮建筑队的工头说好了，以一天2.2元的工资当个小工。这个建筑队里都是来自偏远贫困地区的农民工，他们的吃苦耐劳我自愧不如，更让我吃惊的是他们的饭量，建筑队厨师蒸的馒头是三两粮一个，一个馒头我就吃饱了，他们一般都要吃三个。农民工生活的不易给我留下深刻的记忆。

我干了一个多月的民工，离开时结了70多元工资，就计划着买一台相机了。我用过海鸥4型双反和海鸥203折叠相机，但是海鸥相机也不是随便可以买的，是需要指标的，即使有了指标我的钱也不够。幸好商店里有了不要指标又相对便宜的红梅相机，我这才买了属于自己的第一台照相机：红梅HM-1型折叠式120相机，当时花了66元。

有了自己的相机，自然是很兴奋，就给家人拍了几卷黑白照，但也很快发现了不足。首先红梅是120相机，一卷120胶卷只能拍12张或16张，数量太少。更大的问题是红梅HM-1没有测距装置，是靠估焦拍摄的，只能依靠小光圈大景深保证清晰度，很难用于抓拍。不久这个红梅相机被同学借去了，还回来时把快门上弦装置搞坏了，相机无法使用了。1985年春天，常州红梅照相机厂在解放路西安火车站附近设了一个修理点，在报纸上看到这个消息后我就把红梅相机送去免费修好了，红梅相机就由我父亲使用了。

红梅相机拍的我姐在兴庆公园门口的公交车旁。1984年初拍摄于西安

红梅相机拍的我姐和我妹在小雁塔。1984年初拍摄于西安

红梅相机坏了以后我就打定主意买一台高级一些的相机，当时理光相机进入中国市场很早，理光CR-5和理光CR-10两款相机在国内的名气很大，我就想着买一台理光相机。我们兄弟姐妹的关系都很融洽，我姐工作较早，而且是多劳多得，我姐很能干，工资收入比我父亲都要高得多。于是我跟我姐商量，希望我姐资助我买一台进口的理光相机，我姐知道我一直痴迷摄影就答应了。这以后的近一年的时间我姐尽量多干些活，除了每月要交给父母的都存下了，加上以前的积蓄到1984年年底积攒了900元，这相当于当时一般人两年左右的工资收入。

这时我正好看到西安大差市的一家照相器材商店有一台理光KR-10 Super，相机标价860元，取景器里的快门时间是液晶显示的，感觉很高级，相机小巧精致，比之前的理光CR-10更漂亮，看了之后让人欲罢不能。但是要买这台相机还须搭配10卷柯达反转片，每卷12元，这样总价要980元了，准备买相机的钱又不够了。当时进口相机是紧俏商品，如果不买可能过几天就没有了，于是只好央求我妈，让我妈给我资助了100元，这才咬着牙买了下来。有一个亲戚在国营百货商店工作，我托他把10卷胶卷放在他们商店里代售，但一直没有卖出去。还是在几年后胶卷已经过期，我与钟楼相机修理店的师傅聊相机时偶然说起胶卷的事情，他说他有朋友可以要，因为胶卷已经过期，就以非常低的价格卖给了他。

买了理光相机以后确实高兴了好长一段时间，但慢慢地发现不得不面对现实，我自己没有工作没有收入，上学还要花家里的钱，近千元的相机拿在手里压力很大，于是犹豫再三后，我就花了10元钱在《中国摄影报》上登了

我姐与同事，右一是我姐。1985年初拍摄于我姐工作的厂区

我的理光KR-10 Super相机

一个相机转让广告。不久来了几封信，我回信说我买相机时还搭配了10卷柯达反转片要一起转让，然后就没有回音了，相机也没有转让出去。

在买了理光相机后一年多的时间里，拍得并不多，主要是经济上不允许，只拍了两卷彩色胶卷和几卷黑白胶卷，拍的几卷黑白胶卷还是在胡大哥那里冲洗放大的，真正大量拍摄是在1986年我家办起彩色扩印部以后了。1985年初，我约了几个同学一起到兴庆公园游玩，中午时刚好走到了兴庆公园国营餐厅附近，这时大家都有些饿了，有人提议就在兴庆公园餐厅吃饭。当时在外面吃饭还是比较奢侈的，没有人有实力请客，于是说好AA制后这才坐了下来。一个同学用我调好参数的理光相机拍下这张照片，这是我拍的第一个彩色胶卷。照片中有同学扎了领带，其实一般都是出去玩的时候或是在校内有活动时有个别同学喜欢扎领带，平时上课时是没人扎领带的。这张在兴庆公园沉香亭前的照片，是我个人的第一张彩色照片，也是在那天照的。

胡大哥的同事汤先生是改革开放后最早在兴庆公园门口摆摊照相的个体户，也是照相行业最早的“万元户”。他家住在离我家不远的张家村，与胡大哥是同龄人，有着共同的爱好，周末的时候我会跟着胡大哥去汤先生家串门。汤先生家经常聚集着各种各样的摄影人，多数是他们的同龄人，也有年龄更大的，都是已经工作的，只有我是个还在上学的小兄弟，好在我懂的也不算少，大家在一起谈论的都是跟摄影和相机有关的事。有一次，在说到我刚买的理光相机时，一个西安报社的记者抱怨说他申请了好几次想买理光相机，报社领导都没有批，因为没有经费，让我下次把相机拿来让大家看看，我当时把相机当成了自己的心肝宝贝，最终也没有拿去让别人看。跟这些比

右一是我。1985年1月同学们在兴庆公园国营餐厅吃饭

我的第一张彩色照片。1985年1月在兴庆公园沉香亭前

我大而且已经工作的老兄们聊天，让我长了见识，学了很多东西。以后汤先生开了照相器材店，生意也越做越大，最后成了尼康相机的陕西总代理。后来从胡大哥那儿得知，人家现在是大老板了，来往也就越来越少了。

陕机院成立大学生摄影协会时，其他同学手里只有几台国产相机，我的这台理光相机成了摄影协会的主力相机。1987年我又给理光相机配了日产的28-135mm变焦镜头，当时用变焦镜头的人还不多。有一次摄影协会的小维同学把父亲的美能达X700相机拿到了学校，几个同学都想摸摸试试，并在一起谈论起了相机。大家都在赞叹这台美能达相机时，一个家里是铁路信号厂的同学说：这算什么，我们铁路局用的都是德国的徕卡相机，最次也是日本的尼康相机，而且胶卷随便用。这时大家面面相觑，都不作声了，同学们心里明白，摄影是个奢侈的爱好，没有经济实力是不行的。我虽然也知道徕卡和尼康，但那时没有摸过，更没有用过。

这台理光KR-10 Super相机我用了8年，伴随了我八十年代的学习生活。后来买了美能达X700和尼康F100，到上海工作以后才买了徕卡M7和尼康F6，那已经是十几年以后的事了。到上海工作以后，为了携带方便，多数情况下用的都是旁轴定焦相机了。

我是使用数码相机较早的，由于早期的数码相机像素较低，我还是以拍胶片为主。妻子这张照片拍摄于上海，是用美能达公司2002年新推出的，具有三倍光学变焦的200万像素卡片机美能达Dimage X相机拍摄的。

我使用的旁轴胶片相机

2002年拍摄于上海嘉定

07

彩色扩印部

二十世纪八十年代中期，彩色摄影兴起。随着老百姓生活水平的逐渐提高，拍彩色胶卷的人越来越多。当时西安有彩扩机的冲印店很少，而且价格昂贵。一般都是代收点寄到广州去冲洗扩印，然后再寄回来，一个周期通常要7到10天，不仅时间长，还有胶卷底片来回邮寄容易丢失的风险。我拍的第一个彩色胶卷里有一张我的单人照片，又去扩印了一张，取到照片后发现与第一次扩印的照片色彩偏差严重，于是又重新扩印了一张，色彩还是不一样。彩色照片不能保证色彩一致这个问题困扰了我好久，寄到外地扩印的时间也太长。

1986年寒假过后，我偶然在一个上海籍同学那里看到了一份《新民晚报》，在报纸的角落里有一个江苏常熟生产的国产彩扩机的广告，只要1.5万元，当时进口彩扩机都要几十万元。我的头脑里顿时冒出了购买彩扩机的想法。我按照广告上的地址给生产厂家去了一封信，很快就收到了回信，信封里还有一张彩扩机广告彩页。此时我哥、我姐、我妹都已经工作了，只有我和我弟还在上学。我姐、我妹都是高中毕业以后就去父亲单位上班了，我们兄弟三

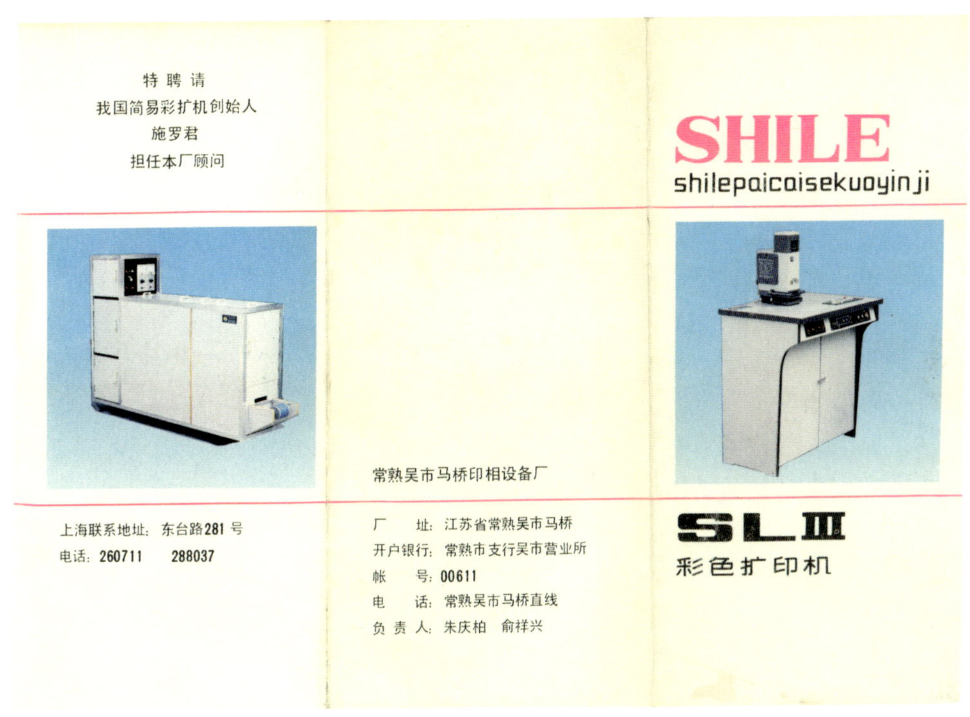

施乐牌简易彩扩机广告彩页

个上了大学。现在来看似乎父母有些重男轻女，但当时高考招生人数很少，竞争很激烈。我姐、我妹虽然在班上的学习成绩都在中上水平，我妹还是语文课代表，但以她们的学习成绩还是很难考上大学的，所以父母让我姐、我妹高中毕业后就去上班是务实的考虑，也明显改善了家里的经济条件。

我把买彩扩机的想法告诉家里人时，我父亲和我哥都不同意。我哥是坚决反对，说风险太大；我父亲担心影响我的学习。经过我不断地做工作再加上我妈和我姐的支持，买彩扩机的事情终于开始筹备了。

当时我姐、我妹都已经工作几年了，家里经济状况有了很大改善，全家的积蓄有1.5万元，我妈又向两个同事和一个邻居借了一些，凑到了2万元。放暑假后，就开始准备买彩扩机的事情。钱怎么带成了问题，那时没有大面额的人民币，一般都是10元的，1万多的现金能装满一个书包，随身携带很不安全。我妈当过会计，知道可以通过银行电汇，但以前办的都是单位之间公对公的转账，个人电汇给单位不知道可不可以，为了万无一失她又去附近的工商银行确认了一下没有问题。这是我第一次离开西安，而且是去很远的地方，启程前，我妈在我的内裤上缝了两个口袋用于装现金，随身最多能带几千元，用于买一些开彩扩店所需配套的东西。我们两个人先到江苏常熟生产厂家去看，那是一个很小的乡镇工厂，彩扩机只是在这里装配，销售其实是在上海。那里很偏僻，没有食堂可以吃饭，我们吃的是那几个装配工自己做的饭，没有吃饱，后来找到镇上的一个招待所买了些吃的填饱肚子并住了下来。

第二天坐长途汽车到了上海，找了一个便宜的小旅馆住了下来。我是西北地区第一个来买彩扩机的人，经过几天的考察，感觉没有问题了就到电话局给家里打了长途电话，让家里把购买彩扩机的1.5万元通过银行电汇到上海彩扩机厂家的账号上。因为不是即时到账，我们就去了杭州，买了一些彩扩机所需的彩色扩印纸和冲洗套药。回到上海后，汇款已经到账，我们看着厂家把彩扩机打包运到上海火车西站等待发货，然后又到上海余姚路看了看。余姚路当时是婚纱照相产品一条街，再往西就有些荒凉了。十几年后再到上海的时候，余姚路早已成为繁华之地，上海几乎半年就变个模样，城市建设突飞猛进。

因为这次去上海是我第一次离开家，家里人不放心，没让我带相机，所以这次上海之行没有留下一张照片。十几天之后彩扩机运到了西安，就开始安装调试，经过几天的辛苦忙碌，一切比较顺利，到8月中旬，彩扩部正式开始营业。

后来彩扩部又增加了照相的业务，买了一个海鸥8英寸外拍机拍黑白证件照。

我妈和我姐，1988年室内人像试机照

彩扩部开张以后，主打“今送明取”，这对当时主要靠送到广州去扩印的西安市场来说有很大的吸引力，彩扩部开始的势头不错。但我还要上学，每天学校和店里来回跑得很累，时间上也确实忙不过来，于是家里人商量后决定让我妹在单位办理停薪留职。那时候很多人都羡慕个体户赚钱多，但真干个体户很多人其实是不愿意的，与那些在国营单位上班的人比起来，干个体户不是什么荣耀的工作。可是我妹没有犹豫和推辞，她接手彩扩部以后，经营得井井有条，一年内不仅还清了借款，收入也达到了万元户的水平。

虽然我家三兄弟上了大学，两姐妹没上大学，但我姐、我妹却是我家经济上翻身的真正功臣。

早期的国产彩扩机是半自动的，曝光部分一般是用进口彩色放大机头改装的，校色主要靠人的经验判断。经验丰富的扩印员凭借观看底片就能迅速给出校正参数，但还是有一些色彩偏差，行内人会定一个色彩偏差基调，比如多数人会接受照片稍微偏向黄绿，这就像机械尺寸的公差一样。所以碰到熟人时，扩印员会问你要什么色调，因为绝对的色彩准确是很难做到的。

一般每年到了春季，工商税务部门都要举行普法宣传活动，活动的拍摄和胶卷的冲洗都要去找我妹，拍摄任务自然就落到了我的头上。1989年春天的这次工商税务普法宣传活动，地点选在了辖区内比较热闹的边家村工人俱乐部的马路对面，在我拍了一些照片后坐在那里休息时，一个工商所工作人员用我的相机拍下了这张照片。

1986年我妹（右）在彩扩部门口

右一是我。1989年春季工商税务咨询

1987年我父亲在彩扩部帮忙

1989年夏天，工商所的工作人员告诉我妹说有个首届全国个体劳动者书画摄影比赛，让我妹拿出个摄影作品参赛，我妹说没有，工商所的工作人员说你是先进个体户，一定要出个摄影作品来。无奈之下我妹找我要照片，我就把1988年1月我给大学同学拍的一张雪景照片给了她。后来工商所的人高兴地告诉我妹说那张照片入选了首届全国个体劳动者书画摄影大奖赛，而且是西安市唯一入选的摄影作品。这也是我唯一一次参加摄影比赛，而且用的是我妹的名字。

1989年入选首届全国个体劳动者书画摄影大奖赛。1988年初拍摄于西安大雁塔

我妹不仅把彩扩部经营得很好，还积极参加工商所和个体劳动者协会组织的各种公益帮扶活动，几年之间多次受到表彰。1990年，我妹经营的彩扩部被评为先进个体户，他们所在的碑林区个协被评为陕西省的先进单位。

大学毕业工作一年转正后就是助理工程师了，我领到助工证不久就辞职了，这时已经到了九十年代。我刚辞职的那几年正是彩扩行业发展的顶峰时期，我在彩扩店忙了几年，后来参与了陕西省摄影家协会的教育培训工作。当时中国摄影函授学院（现在的北京摄影函授学院）陕西分院刚被省摄协接收，缺乏师资、人手、资金，我和西安纺织学院（现在的西安工程大学）的退休物理教授刘明远老师一起承担了中国摄影函授学院陕西分院的教学组织工作。那段时间，我和刘老师、省摄协秘书长丁老师等几个人经常借来几张桌子摆在西安城南小寨十字的马路边发广告，向路过的摄影爱好者讲解宣传。经过几年的努力，摄影函授学院的工作终于有了起色，后来还办起了摄影培训班。

1997年经熟人介绍，我与妻子相识并结婚，我比她大了10岁，我常说她是70年代的“小不点”。我们认识后才知道双方的父亲是一个单位的，只是单位太大，相互并不认识。我结婚时已经30多岁了，我的生活总算安定了下来。

1997年妻子在西安春晓园景区

1990年我妹被评为先进个体户。我妹这张照片是在彩扩部里由工商所派来的记者拍的。拍摄前，我妹专门到理发店烫了一个当时流行的“招手停”发式。后来彩扩部搬到了旁边距离十字口更近的地方，一直经营到2007年底那个地方拆迁为止

1990年我妹（后排右一）所在的碑林区个协被评为陕西省先进单位

陕西省第二届

前排右四是我，右五是纺院教授刘老师，右六是省摄协秘书长丁老师

随着彩色摄影的普及，人们对彩色照片的要求也越来越高，由于配备自动校色系统的进口彩扩机价格昂贵，国产彩扩机自动校色系统的应用势在必行。自动校色系统的难点在于校色算法及其实现，经过长期的彩扩实践和校色算法验证，我与我哥合作研制成功了一整套彩扩机自动控制及其自动校色系统，并在国内彩扩机软件开发上首次采用了C语言。C语言的应用极大地方便了系统调试，使得以前需要数月甚至数年才能调试完善的系统只需几天即可完成。此系统被成功应用于上海、江苏、广东的众多彩扩机生产厂家，这些厂家运用此系统生产的全自动彩扩机曾多次在杭州的照相器械博览会上展出。后来我们又应彩色放大机生产厂家的要求，设计了彩色放大机专用的校色系统。

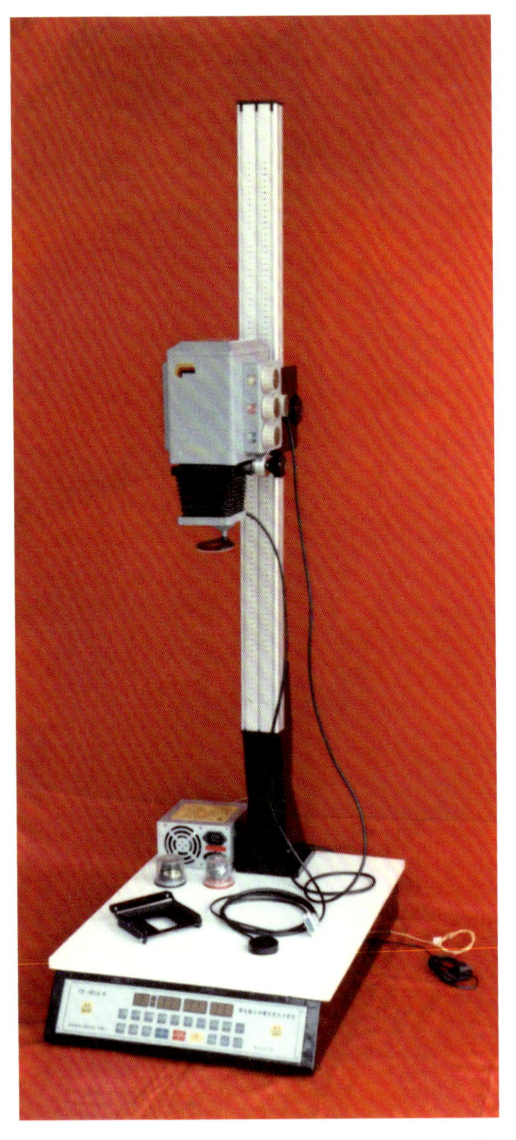

采用我设计的彩色分析仪的彩色放大机

九十年代末期是我比较轻松的几年，我开始给《中国摄影报》《摄影与摄像》等摄影类报刊撰稿，并应邀担任《中国摄影报》直通车栏目技术问答的主稿人。这时，数码相机已经显露头角，我知道不久的将来传统彩扩行业一定会走向没落，我的技术重点转移到了智能电气方面。到上海工作以后，由于工作繁忙，我不得不放弃了给摄影报刊撰稿。

虽然摄影一直是我的业余爱好，但自从有了自己的相机，我几乎是机不离身，相机和摄影成了我生活和工作的一部分。

3　总第 1019 期

●技术知识　许安平

电子闪光灯的触点

随着现代相机技术的发展，与相机配套的万次电子闪光灯技术也得到了同步的发展。其性能不断提高、功能逐步完善。按照闪光灯不同的触点类型，我们可以把小型电子闪光灯分为下面几类：

第一类，单触点电子闪光灯，即除了公共连接点（俗称热靴插座）以外只有一个闪光触发接点的闪光灯。此类闪光灯为通用型闪光灯。称其为通用型，是因为它除了触发同步闪光的接点外，与相机没有其它连接点，凡具有 X 闪光同步接点的相机都可触发其同步闪光。高档的单触点闪光灯也具有光量自动控制、灯头转动、能量比例选择等功能。

第二类，除上述闪光触发接点外还有一至两个辅助触点的电子闪光灯。只有一个辅助触点的闪光灯，它的这个辅助触点一般是充电状态指示接点，这样的闪光灯插在配套的相机上，可在相机的取景器内看到闪光灯是否充足电的指示标志。很多电子快门的 MF（手动调焦）相机配用此种闪光灯时，在相机内出现充电标志的同时，还自动把相机的快门调节到最高 X 闪光同步档，以防止闪光摄影时快门不同步现象的发生；但这种设计也造成了相机不能使用慢门同步闪光摄影的弊病，例如拍摄夜景需要闪光补光时，解决的办法是用绝缘物把闪光灯此触点与相机隔离。当然，此时相机内也就看不到闪光灯充电状态指示标志了。

有两个辅助触点的闪光灯，它的第二个辅助触点一般是 TTL（通过镜头测光）闪光曝光控制接点。这样的闪光灯配在具有 TTL 闪光曝光功能的相机上在闪光摄影时，当相机的内测光系统检测到曝光量合适时，会及时触发截止闪光灯的闪光，从而获得精确的闪光曝光量。TTL 闪光曝光控制功能的出现，是闪光灯控制技术的一次飞跃，它使得摄影者对闪光灯的使用和控制变得随心所欲、轻松自如。如在闪光灯指数允许的范围内进行闪光摄影时可任意选择光圈；可用反射光闪光摄影；可配合现场光闪光摄影；可对闪光曝光量进行手动补偿等等均能获得准确的曝光量。显而易见，只有手动曝光功能的相机是不具备这些优点的。

第三类是具有数据传输触点的智能型闪光灯。此类闪光灯都是和内置 CPU（中央处理器）的现代 AF（自动调焦）相机配合使用的，它与相机的联接触点除了具有上述功能的电子型接点外，还具有一至两个用于闪光灯和相机间传输数据的智能型触点，这些数据的传输既可以是单向的，也可以是双向的，AF 相机可以通过这些数据的传输指令闪光灯配合相机完成灯头自动变焦、遥控闪光、分灯比例闪光、预测闪光、高速同步、对焦照明等复杂的操作。

现代 AF 相机配套的新型闪光灯连接触点较多、功能复杂，但设计上都尽可能地考虑了与旧型号闪光灯的兼容性，这方面，尼康和宾得相机厂生产的闪光灯的兼容性更好些，其新型闪光灯一般可兼容旧型号闪光灯的几项或全部功能。而美能达 AF 相机不但改变了镜头接口，它的闪光灯插座也改得面目全非了，它采用了全新的触点排列方式，合并了一些信号线，减少了触点总数，但也限制了新旧型号的闪光灯直接互换使用。

另外，不同厂家生产的闪光灯互换使用时不仅要考虑各功能触点的安装位置是否一致，还要考虑这些触点输出信号的极性及电平范围是否合适。一般来说，闪光灯的 X 同步触点和充电指示触点的通用性好一些。例如，用于美能达 X—700 相机的北京银燕闪光灯插在尼康 FM2 相机上，当闪光灯充足电后，尼康 FM2 相机取景目镜上方的红色 LED（发光二极管）就开始闪亮、指示可以拍摄了。不同厂家生产的与 AF 相机配套的专用闪光灯由于数据传输方式的不同而无法换用实现 AF 相机的特有功能。而且，非原厂生产的专用闪光灯一般也不能实现原厂闪光灯的全部功能，这也是高技术产品的一个特点。相机配用非专用闪光灯时，应注意不用的触点切勿与其它接点发生短路。现代电子相机的输入输出端口一般都设计有较为完善的保护电路；相对而言，电子闪光灯倒显得娇气了一些，当然，新型高档的电子闪光灯的端口保护措施也大大增强了。

如果经常使用闪光灯拍摄，并在条件许可的情况下，还是选用相机原厂的专用闪光灯为好，这样才能充分发挥现代自动相机所具备的全部功能。

2000年我在《中国摄影报》上发表的文章

08

彩色不够　黑白来凑

自从我家开了彩扩部，我拍的胶卷就多了起来，彩色胶卷冲印也方便了，不用再寄到广州去了。我的生活费一半以上用到了摄影或者和摄影有关的事情上，这还不算在家里拿胶卷和冲洗的费用。同学们说我：整天看你拿个照相机，到处拍呀拍的。其实上课的时间我是不敢带相机的，即使带了也绝不能让老师看见，因为带着相机上课一定是不务正业、不专心学习的表现，老师的印象分还是很重要的。但是到了学校有重大活动时，情况就不一样了。陕机院每年的春季运动会，只有院宣传部有摄影专干，院团委只有一台国产单反相机，谁借到谁用，而且要自备胶卷，所以我的这台理光相机就成了运动会拍摄的重要角色。

因为胶卷都是自费的，尤其是彩色胶卷价格昂贵，一张彩色照片的底片及其冲印费用相当于学生食堂一天的伙食费，即便是院宣传部摄影专干也不敢随意地按快门，否则到财务报销时可能会遇到麻烦。所以每次都是备一个彩色胶卷，然后再准备上一到两个黑白胶卷，以防彩色胶卷不够用时再拍黑白的。随后几年这种“彩色不够，黑白来凑”的习惯就延续了下来。

管理系同学在陕机院第十一届田径运动会上。1987年4月拍摄于陕机院

陕机院第十一届田径运动会，一卷彩色胶卷不够用，相机里又装了一卷黑白胶卷，还剩几张没拍完，又拍了几张同学们的合影。1987年4月拍摄于陕机院

自左至右，我们班的班长、辅导员和体育委员在运动会操场上。面向西，后面是主席台。1987年拍摄陕机院第十一届田径运动会

我们班男生在运动会操场上，面向西南。1987年拍摄于陕机院第十一届田径运动会

我们班女生在运动会操场上，面向东。1987年拍摄于陕机院第十一届田径运动会

我们班王同学在陕机院第十一届田径运动会赛场上。1987年拍摄于陕机院

出去游玩是同学们的最大乐趣，在陕机院西面的兴庆公园是陕机院和交大学生常去游玩和拍照的地方。二十世纪五十年代交通大学西迁，兴庆公园几乎同时开始修建，兴庆公园南大门与西安交大北大门隔路相望，甚至有人说兴庆公园就是为交通大学西迁而兴建的，虽然这种说法并未得到证实，但附近的西安交大、陕机院的前身院校等几所大学的师生，都积极参加了修建兴庆公园的义务劳动是确凿无疑的。兴庆公园是西安市区最大的公园，它不仅是附近的大学生们经常游玩的地方，也是几乎每个西安市民都去过的地方，兴庆公园承载了西安几代人的青春记忆。兴庆公园既然离陕机院很近，同学们有时也会带上饮料、啤酒、罐头、水果等食物在兴庆公园里的草地上围坐一圈野餐一顿。

陕机院同学家里经济条件一般的同学家里每月能给50元左右生活费，个别条件好的能给到100元。即使家里条件好的同学每个月也要有计划，否则就有可能花不到月底。有一天中午下课后，我们几个男生去学生食堂吃饭，我同学看到前面的女生打的荤菜不错，分量也给得多，就想着改善一下伙食，同样要了一份。可是那个服务员打给他的分量明显偏少，我们在场的同学都表示不满。在争执过程中，我同学一气之下把饭盒里的菜泼了出去，那个打饭的服务员就抡起手里的铁勺打了过来，还抡着铁勺追出来撵着我同学打。

最后这件事由伙食科领导处理，在很多在场学生的证明和强烈要求下，伙食科做出了让那个打人的服务员赔礼道歉、调离工作岗位的处理。其实两年前就因为饭菜质量问题，同学们集体罢灶了一次，那以后学生食堂的饭菜质量就有了明显的改善。

我们班同学在兴庆公园曲桥上。1986年拍摄于兴庆公园

我们班同学在兴庆公园野餐。1986年拍摄于兴庆公园

陕机院南门外的马路对面是交大新村，这里距离交大学生宿舍有一段距离，反而离陕机院学生宿舍很近。所以这里的交大商场和交大招待所食堂除了住在附近的交大教职工以外，也是陕机院学生常去的地方，错过饭点的时候或是想改善一下伙食的时候就去交大招待所食堂吃饭。过一段时间同学们也会去吃一次羊肉泡馍，羊肉泡馍是西安本地同学口中的美味，很多外地同学开始很不习惯，过了几年，到毕业时大家都喜欢吃了。好几次外地同学来西安，都提出一定要吃一次羊肉泡馍，似乎只有吃了羊肉泡馍才是真的到了西安一样。

学生宿舍集中在学校的南门附近，西一楼、西二楼、西三楼是五十年代中期的三层仿苏建筑，西四楼是八十年代初新建的七层楼。西一楼是研究生宿舍；西二楼是女生宿舍；西三楼和西四楼是男生宿舍。后来我发现竟然没找到一张男生宿舍的照片。一个女同学对我说：你们男生宿舍那么乱，而且满屋子的臭鞋臭袜子味，你怎么拍呀！确实，男生宿舍拍得不多，这样的场景，那时是不可能去浪费昂贵的胶卷的。

陕机院东门外的马路对面是陕机院的职工生活区，有招待所和职工食堂等，陕机院校园内是没有洗澡堂的，要到职工生活区的招待所去洗澡。学生宿舍楼里的卫生间里只有冷水，没有热水，到了夏天，很多男生就用冷水冲澡，但是到了冬天就不行了，即使洗头也要提着热水瓶到开水房去打开水，而男生宿舍的热水就像三个和尚没水喝的故事一样，通常热水瓶都是空的，一般不要指望在男生宿舍能喝上热水。那天一个正在谈恋爱的男生拿出一瓶永芳牌化妆品往脸上抹，我说把脸抹那么白有什么用，头发还是乱糟糟的。

自控系女生在兴庆公园。1988年拍摄于兴庆公园

自控系女生在男生宿舍西四楼楼顶。那天给几个自控系女生在兴庆公园拍了一卷彩色胶卷，剩了几张没拍完，就爬到了男生宿舍西四楼的七楼楼顶拍了几张。西四楼是陕机院最高的宿舍楼，其他宿舍楼都是仿苏式三层的，楼顶不是平的。1988年拍摄于陕机院

他悄悄告诉我说他找到了不用热水洗头的办法，我问是什么办法，他说就用凉水洗头，抹上洗头膏，然后用手一直揉搓，揉到足够长的时间后就能洗干净了。

天不冷的时候，谈恋爱的同学可以花前月下，可以去公园，也可以到城河边。到了冬天，外面天寒地冻，时间一长就坚持不住了。一个周末的晚上，我一个人在宿舍看书，其他人都出去了，机械系的一个同学推开门问我：你一个人吗？我点点头，他说：我带个朋友来坐坐，我们宿舍人太多。不一会儿他带着一个陌生的女生进来了，给我介绍说是他的女朋友，是外校的，他们就坐在我对面的床上开始卿卿我我。这时，书已经看不下去了，过了一会儿，我就借口说下楼打水，在外面转了好大一圈才回来。后来宿舍管理严了，女生进入男生宿舍也需要登记了。

1987年的冬天，正在流行中国台湾歌手齐秦的歌曲，每到中午开饭时校园广播里就播放齐秦演唱的《大约在冬季》。拿着冰冷的饭盒，听着凄迷的歌曲，感觉不赶快吃饭补充点热量的话就要凉透了。吃完饭洗饭盒是个问题，不用热水只用凉水洗，铝饭盒油腻腻的根本就洗不干净。想用热水洗，开水房那里又排着长队，而且还要多走一段路。

因为冬天用热水多，每当热水烧开时开水房那里总是人满为患，几乎每天都能在开水房那里看到打碎的热水瓶胆，一些小商贩就看到了商机。那天我们吃完饭回宿舍，看到陕机院南门里我们宿舍西四楼门口有两个卖热水瓶胆的，刚好我的瓶胆打碎了就买了一个。过了几天看到这两个小贩还在那里卖，我们一问才知道他们卖得不好，很多学生担心质量问题不敢买，于是我和几个同学提出大家可以合作，让小商贩把瓶胆交给我们，我们替他销售，每个瓶胆我们提成5角钱，等同学们使用几天没问题了再结账。由于我们是在校学生，承诺大家三天内不保温退货退款，而且售价比商店里便宜得多，所以几天内几百个瓶胆很快卖完了。几天后小商贩来结账时很高兴，说应该多进一些货了。

这是陕机院校园内最长的主干道，东西走向，夏日树荫蔽日，秋天黄叶遍地，也是除了学校大门口以外同学们经常拍照的地方。1987年拍摄于陕机院

学校的大门口和宿舍也是同学们经常拍照的地方。陕机院的东门是学校的正门，陕机院东门往北的长乐电影院是附近几个大学的娱乐中心，也是同学们经常光顾的地方。记得我哥还在交大上学时，有一个星期六傍晚我哥回家了，到了第二天下午提早吃了晚饭就急着赶回去，原来是要去长乐电影院看电影，可是没有直达的公交车，如果坐公交车就耽误看电影了，于是我就骑着自行车一直把我哥带到了长乐电影院。我原本以为交大再往东就很荒凉了，那次才知道这里非常热闹，也有电影院。

陕西機械学院

女同学在学校大门口。1986年拍摄于陕机院东门

我把相机放在石台上的书包上，自拍了这张照片，后排左四是我。1988年拍摄于陕机院教二楼前的花

1988年拍摄于陕机院

管理系所在的教二楼前面的花园是陕机院的主要景观，这里有假山亭阁、碧水曲桥，已经修了好几年，到1988年我们毕业时基本修建完成，成了陕机院学生读书、休闲、拍照的景点。图中两位女生是我们班的杨同学和许同学，在她们走到适当位置时我拍下了这张有倒影的照片。

1988年拍摄于陕机院

09

学生摄影协会

我哥是77级西安交大学生，我问他当年学校里都有什么学生社团，他竟然说不出来。到了八十年代中后期，大学生社团组织如雨后春笋般发展起来，诗歌、美术、书法、音乐等各种社团活动丰富多彩，唯独摄影类社团不多。当年照相机还属于奢侈品，有照相机的家庭很少，更别说还在上学的大学生了。陕机院学生会以前有一个摄影组，1984年11月，摄影组克服困难出了一套彩色明信片组照。后来摄影组原来的主要成员陆续毕业离校，摄影组的运转就停滞了一段时间。

1987年春天，我们班喜欢摄影的张同学告诉我院学生会准备成立大学生摄影协会，让他牵头。我与几个有照相机的影友一商量，大家都很高兴。学生会贴出了成立大学生摄影协会的告示，欢迎同学们报名。经过一段时间的准备，最后选举张同学任摄影协会会长，我任摄影协会顾问。初中时我的外号是“诗人”，高中时我的外号是“班长”，大学时我有了第三个外号“顾问”。从此以后，除了我们班的同学还叫我名字以外，其他同学几乎都称呼我“顾问”了，直到大学毕业后很多年。

同学们晚饭后在打篮球。1984年学生会摄影组拍摄于陕机院

后面的西三楼是水利系和自控系的男生宿舍。1984年学生会摄影组拍摄于陕机院

摄影协会在学生会办公室旁边有一间专用办公室，这间十几平方米的办公室也兼做冲印黑白照片的暗房，暗房设备主要是一台海鸥斜桥式放大机，一个放大尺板，几个药水盘。协会没有照相机，照相机需要同学们自备，运气好的时候可以从院团委借来一台珠江S201国产单反相机。摄影协会主要成员小张家里有一台佳能AE-1P，小李家里有一台海鸥DF，小维家里有一台美能达X700，都是家里经济条件比较好的同学在玩摄影，但他们自己能拿到学校常用的还是海鸥205之类的国产旁轴相机，只有我的理光KR-10 Super是摄影协会唯一的进口单反相机。

陕机院大学生摄影协会虽然成立了，但它只是一个学生社团组织，没有任何经费。除了院学生会有拍摄任务时能报销基本的胶卷相纸以外，其他时候都是要协会成员自掏腰包的，喜欢拍摄的同学要买胶卷相纸就要节衣缩食，从本不富裕的生活费里“抠”，拍一个彩色胶卷的费用通常需要好几个月才能节省出来。为了能有些活动经费，摄影协会开展了有偿胶卷冲印服务，黑白的我们自己冲印，彩色的就送到附近的代收点。摄影协会主要成员分成几个小组，每个小组轮流值守。这样既筹集了一部分活动经费，也让大家掌握了黑白暗房的基本技能。

自从有了摄影协会我就很少回家了，星期天也和影友们泡在一起。学生会的很多活动由我们摄影协会拍摄放大，不用事事都要去求宣传部的摄影专干了。1987年秋天，摄影协会的几个男生在闲聊，自控系的一个同学说昨天晚上洗照片很晚才睡觉，早上想睡个懒觉都不行，说他们系的那个女辅导员很厉害，早上谁不起床就直接到宿舍掀被子。另一个同学说那主要因为你

在陕机院第十一届田径运动会上，学生摄影协会会长张同学（左一）手里拿的是院团委的珠江S201单反相机。1987年拍摄于陕机院

们是新生，到了高年级就不会了。水利系的一个同学说：我们系才是真的不容易呢，一些毕业被分配到水库工作的校友，刚去的时候感觉山清水秀，天也蓝水也蓝，空气都是清香的，工作就像游山玩水一样。可是时间一长就发现不好受了，水库一般都是偏远地区，荒无人烟，能见到个生人都感觉亲

切无比。我想到水库长期工作肯定是很无聊的，那到水库游览一下应该是不错的。后来查了查，离我们最近的水库是与西安紧邻的蓝田县境内的汤峪水库，我们班同学商量之后准备去那里秋游。

星期天一大早，我们乘坐西安到汤峪的首班长途汽车出发了。当时汤峪水库并没有开发成旅游景点，我们下了长途车以后要走很长一段小路，路上边走边玩，一直走到了水库大坝上。同学们围在大坝的“汤”字周围，我用变焦镜头的长焦端拍下了这张照片。返回时，走到长途汽车站，有几个女生累得有点走不动了，等长途车的人很多，如果排队上去就没有座位了。于是我们几个抽烟的同学一商量，我和朱同学走过去拿出烟来递给长途车司机，解释说我们是在校大学生，有几个女生病了，请他帮忙让女生从他的驾驶室的门上去，多亏长途车司机帮忙这才占到了座位。

同学们走山路前往汤峪水库。1987年拍摄于西安蓝田汤峪

同学们围在“汤”字周围，我用135mm焦距拍下了这张远景

汤峪水库大坝全景

同学们在汤峪水库野餐（一）

同学们在汤峪水库野餐（二）

同学们在汤峪水库野餐（三）

王同学在汤峪水溪边

能歌善舞的王同学和杨同学即兴表演

拍这张照片时，我说：个儿高的应该站在中间。于是，站在中间的女生汪同学踮起了脚，说：这样就行了。引得大家哈哈大笑

朱同学还带着他的外甥女

这张也是用变焦镜头的长焦端拍摄的，图中9个女生的上衣色彩斑斓

1988年春天，学生摄影协会成立一年了，我们几个协会骨干商量着搞个影展，一方面以图片的方式展现一下当代大学生的精神风貌，另一方面也为大学生摄影协会成立一周年做个工作总结汇报。为此，我请协会的小岭同学做模特，在校园内拍摄了一组大学生日常学习生活的黑白照片，自己冲洗放大，最大的一张放到了24英寸，以组照的形式参加了这次影展。这次影展借用了教四楼一个不常用的教室，参展照片不局限于大学生摄影协会的同学，还有其他同学的照片，1988年5月1日正式开展，展出彩色、黑白照片近50幅。可惜的是这次影展没有留下任何影像资料，参展的照片也没找到。

正式挂牌并且有一定影响力的学生社团除了学生会科协、大学生摄影协会，还有一个美工社。美工社就在摄影协会的隔壁，是陕机院成立较早的学生社团，吸引了很多喜欢美术和书法的同学。学生会或学校搞活动时，书写横幅和标语都是美工社的任务。美工社还经常搞技艺切磋和书画比赛，1987年在“陕西省大学生书法比赛”中获得了多个奖项。

另外，校园里有人组织足球俱乐部，有人搞小乐队，有人跳霹雳舞、街舞，有人喜欢时装表演、诗朗诵等，在学校组织的一些活动的文艺表演中也经常看到他们的身影，还有棋社、吉他社等。八十年代没有现在的双休日，只有星期日休息一天。每到星期六晚上，学生食堂吃饭用的桌椅就被搬到了一边，这里就变成了舞场，录音机里播放着流行的《荷东》舞曲，每次来的同学都很多，有会跳的也有不会跳来看热闹的。

管理系获得陕机院排球比赛第一名。1987年4月拍摄于陕机院

我们班获得管理系班级足球比赛第二名。1987年7月拍摄于陕机院

美工社办公室，同学们给牛同学过生日。1986年拍摄于陕机院

牛同学在美工社办公室过生日吃长寿面。1986年拍摄于陕机院

美工社牛同学在美工社办公室前的石台上练习书法。1987年拍摄于陕机院

陕机院美工社成员合影。1987年拍摄于陕机院

陕机院美工社在院内举办书画展。1987年拍摄于陕机院

一个有工作经历的研究生同学与美工社同学交流书法。1987年拍摄于陕机院

小田是我们大学生摄影协会成员里为数不多的女生。她有个暖壶，上海人叫“汤婆子”，黄铜制成的，光光亮亮，是外婆二十世纪五十年代支援大西北从上海带出来的，也是小田从小的心爱之物。在陕机院上学期间，一到冬天灌满开水，放进被子里捂着。1988年，小田的妈妈托人给小田送来了一个酒精炉，小田会时常自己动手改善一下伙食。当我第一次看到小田在宿舍里做饭时，忽然发现做饭还真算是一门艺术，前面做着，后面收拾着，饭做好了，东西也都收拾得干干净净了。后来说起做饭的事，小田说：上大学之前十指不沾阳春水，在陕机院时也只是做一些最简单的，现在的做饭水平那是有了质的变化。1986年12月初，西安下了第一场雪，雪下得很大很厚，陕机院很多同学都去兴庆公园里玩雪、拍照。

1986年12月第一场雪，小田和舍友在兴庆公园。兴庆公园照相部拍摄

1986年12月第一场雪，雪很大，我和几个同学到兴庆公园打雪仗、拍雪景。拍这张照片时我总觉着就这样站一排太死板，一时又想不出来什么好办法，就撇着嘴算是有一点变化吧。左二是我，左三是后来的学生摄影协会会长张同学

小田和舍友们在宿舍里打扮一番，穿上自己最喜欢的衣服，一起去兴庆公园照了一张雪景合影。其实下雪那天我们班几个同学也去了兴庆公园，或许是兴庆公园太大，或许我们的出行时间错峰，与小田她们并没有发生“偶遇”，如果遇上了，她们那张雪景照片就不用花钱请兴庆公园照相部的师傅给照了。

因为小田班上的女生多，1987年元旦前几天，高年级一个班来找小田她们班联欢，两个班的班干部很正式地谈了一次，分了工，各班出一个主持人。她们的班主任麻老师是个很传统的人，家在陕西农村，性格温和内敛。很多同学都在背后叫麻老师“老麻”，小田从来没那么叫过。毕业以后，有一年春节小田打电话问候班主任麻老师，麻老师说，学校建了新的教师宿舍楼，他搬了新家。小田很为麻老师高兴，说自己在工厂上班，一切都平平淡淡。麻老师说：平平淡淡就很好。

小田的班主任麻老师在元旦晚会上讲话。1986年底拍摄于陕机院

因为前排位置不够了，班主任麻老师就站到了最后排的边上（右），可以看出麻老师是一个非常谦逊随和的人。1989年7月1日小田班的毕业照

小田作为班长主持晚会。1986年底拍摄于陕机院

1988年春天小田班里要去终南山的嘉午台春游，我就把我的理光相机拿给她让她带上，她说自己没用过，怕万一搞坏了，我给她说曝光放到A档就不用管了，只要取景器里的裂像对成一条线就调好焦距了。临走时我给她好装了彩色胶卷，同学们看到她拿的相机都很开心，很多同学没见过这么高档的相机，更别提用过了。相机是自动曝光，只要对好焦就行了，所以她们这次春游拍的照片曝光合适、聚焦准确。去嘉午台的山路有点长，有个女生都累哭了，一路上还有村民拦着收费，山上也有寺庙的人凶巴巴地要收费。

小田与同学们到终南山嘉午台春游。1988年用我的相机拍摄

小田与同学们到终南山嘉午台春游。1988年用我的相机拍摄

小胡是87级精仪系同学，也是摄影协会主要成员。小胡同学有幸参加了新生军训，恢复高考后的大学生军训是从1987年开始的，很多高年级同学都羡慕不已。后来才知道，不仅军训是从87级开始的，我们学校大学生毕业后国家不包分配也是从87级开始的。小胡同学业余时间还喜欢练健美，在军训时专门拍了一张模仿影星史泰龙的“兰博”照。

87级新生军训结束后，一些喜欢军事的高年级同学不断地向老师和学校提出申请，希望能有机会参加军训。第二年，陕机院与西安附近临潼县的驻军联系，于1988年暑假由院团委组织了军事夏令营。炎炎夏日，报名参加军事夏令营的同学放弃假期，来到军营，过了一把当兵的瘾。

1987年精仪系小胡（右）和同学在军训营地

1987年精仪系小胡在军训营地

摄影协会小李的一个机械系同学小奇，老家在离西安不远的陕西三原县，他通过小李得知我家里经营了彩扩部，也想在自己的三原县家里搞个彩扩部，几次通过小李邀请我到他家里看看。碍于同学情面，我只好与小李、小奇一起去了三原县小奇家里。当时的彩色摄影在大城市刚刚兴起，但在农村地区的市场并不大，小奇不甘心，我只能答应小奇可以搞个代收点，送到西安去冲印。后来听说小奇把太多的时间用在了赚钱上，荒废了学业，最后钱没赚到，毕业证也没有拿到。

八十年代中期的大学生虽然已经知道了圣诞节，但仍把元旦新年作为一个重要节日，这跟元旦要放假也有一定的关系。1987年最后一天的傍晚，很多班级都在教室里张灯结彩，举办元旦迎新年晚会。在摄影协会的办公室里，我们十几个协会成员也在准备自己的“烛光晚宴”，有男生也有女生，小维的女朋友小庆也来了。大家把两张大桌子并列摆放在办公室的中间当成餐桌，从宿舍里把自己的碗筷、勺子、盘子、水杯等都拿了过来，小维特意从家里拿来了一瓶昂贵的陕西名酒“西凤酒”，小李也从家里拿来了两瓶“城固特曲”，都是高度白酒。又买了十几瓶啤酒和饮料、罐头，加上提前在食堂买的几个菜，摆了满满的一桌，桌子上又点上了几支蜡烛。白酒用水杯喝，啤酒就直接用嘴对着瓶口喝。开啤酒没有开瓶器，小维直接用牙咬开瓶盖。因为喝白酒的同学不多，那瓶西凤酒基本上都让我喝了，又喝了不少啤酒。

酒后聊天，天南地北，畅谈理想，展望未来，豪气冲天，不知不觉中就到了天亮。

管理系元旦晚会。1987年底拍摄于陕机院

自控系元旦晚会。1986年底拍摄于陕机院

10

女生宿舍

二十世纪八十年代的大学生多数是男生，女生较少，陕机院也不例外，所以全院只有一栋女生宿舍楼——西二楼。西二楼是一栋仿苏式建筑，共有三层，东西走向，建成于1956年。

西二楼东面的门作为女生宿舍的出入口。西二楼西边尽头有个拐角，拐角部分朝南有一个门，这里就是院学生会的办公地点。1988年学生宿舍实行公寓化管理，拐角部分的一层学生会办公室与主楼之间封闭了起来，女生宿舍只能走东面的门了，外来人员进入女生宿舍需要登记，男生能不能进去要看门卫的心情了。值夜班的是个中年妇女，胖胖的，晚上11点锁门，每当有晚归的女生敲门，她开门总是不耐烦。有些女生回来时，身上头发上沾着枯草，她就看着女生的背影骂骂咧咧。学生会办公室门外还有一排南北走向、门窗朝东的平房，摄影协会、美工社、科协等学生社团的办公室就在这一排平房里，咖啡屋也在这一排平房的中间位置。

印机系的小史出生在青海，她的父母都是二十世纪五十年代支援大西

管理系几位女生在西二楼女生宿舍。1986年拍摄于陕机院

北的南方人。小史的父亲是浙江人，1960年大学毕业支援大西北来到青海。小史的母亲是上海人，出生在上海老西门，小学在文庙小学，初中在敬业中学，高中在大同中学，高中读了三个月就跟随小史的外婆一起支援大西北，在西宁读的中专。小史从小跟外婆很亲近，外婆长得很好看，一口带着上海调的吴侬软语，性格温和，吃苦耐劳，尤其做饭特别好吃。

小史高考没有考好，觉得很对不起父母，因此看到高考成绩当天就剪短了自己的头发，准备复读一年。但她从小被家人宠爱，依赖父母惯了，最后还是遵从父母的意愿读了陕机院的工科专业。其实小史更喜欢文科，高一时的语文老师也很欣赏她，只是那个老师后来调走了。这点我深有同感，当初如果我不那么情绪化，不受班主任老师调走影响的话，也许我第一年就能考上个更好的大学。小史其实不喜欢工科，在工厂实习期间看见机器转动都害怕。在陕机院上学时甚至想退学复读，再考一次文科，又怕无法面对父母，就打消了这个念头。

小史的大学舍友家都不在西安，刚走进大学校门，多数同学的感受是终于自由了，解放了，没有家长管了，于是开始放飞自我。几个月下来，舍友们彼此发现大家几乎都胖了，爱美的女生们于是又开始节食减肥。对于家在外地的同学来说，有的很快就开始想家了，大学里再也没有衣来伸手饭来张口的生活了，衣食住行都要靠自己。当接到家里来的第一封信时，舍友们都流下了眼泪，小史也不例外。经过几个月的大学生活，大家逐渐适应了现有的生活环境。

1987年1月，陕机院举行冬季环院长跑比赛，小史代表班级参赛。其实她从小就不喜欢运动，运动会只是起劲地为同学加油、端茶倒水、拿衣服，长跑更是她觉得会被累死的项目。因为她是班干部，人也偏瘦一些，别人就认为她应该能跑。比赛过程中，班里的体育委员骑着自行车跟着她不停地催，说你已经是最后了。小史想着不能给班里拖后腿，最后一名多难堪，就拼命地跑，结果得了全院女生组第六名，奖品是一个带温度计的相框。放寒

西二楼女生宿舍，看到这张照片后有同学说：看看，她们整天嘴就不停，就这样吃，不胖才怪！1986年拍摄于陕机院

假回家，妈妈看到她的奖状奖品，说她应该去上体育专业。小史说都赖体育委员骗她，累坏了。

元旦放假那天，学生食堂有和好的面团和饺子馅，可以用饭票买，小史他们全班同学就在教室里包饺子。小史后来对我说：看看你们西安同学多幸福，元旦可以回家吃饭，我们外地的多清苦。小史从来不乱花钱，家里每个月给小史100元生活费，再加上学校发的23元助学金，每个月都有结余。毕业时，她把几年积攒下来的500元钱从学校附近的银行里取出来，带回家交给了妈妈。

小史虽然来自青海，但父母都是南方人，所以还是南方人的饮食习惯，不吃辣子。虽然湖南、四川很多地方的人都很能吃辣，但单纯把油泼辣子当作一道菜的只有陕西。小史吃辣子是从吃大米皮开始的，同学小王她们吃完午饭从食堂出来后，经常在食堂门口推自行车的小摊上买一毛钱的大米皮吃，吃得很香。后来小史也买了一份，人家问她放辣子不放，她说正常放，回宿舍后吃得满脸眼泪，正好一个高年级同学来找她，以为她哭了呢。从那以后小史就开始吃辣了，再以后就无辣不香了。

小史最不适应的就是西安的气候了。在陕机院上学时，不管是放寒假还是放暑假，小史都很夸张得像逃跑一样地赶紧回家，回家第一顿饭就是吃外婆包的肉粽子。在外婆去世的20多年以后，小史看着母亲包的那实在不成样的肉粽，开始凭着留在心里的记忆，包成了合格的枕头肉粽，尽管边角远没外婆处理得那么规整。我想起了自己初到上海，第一次吃肉粽子时差点吐出来，后来才慢慢习惯了。虽然青海比西安更寒冷，但是家里都有暖气，而且供暖时间比西安还长两个月。当时陕机院只有教学楼有暖气供应，学生宿舍是没有暖气的，家里有暖气的北方同学都很不适应。在我们毕业几年后，陕机院的学生宿舍也有暖气供应了。

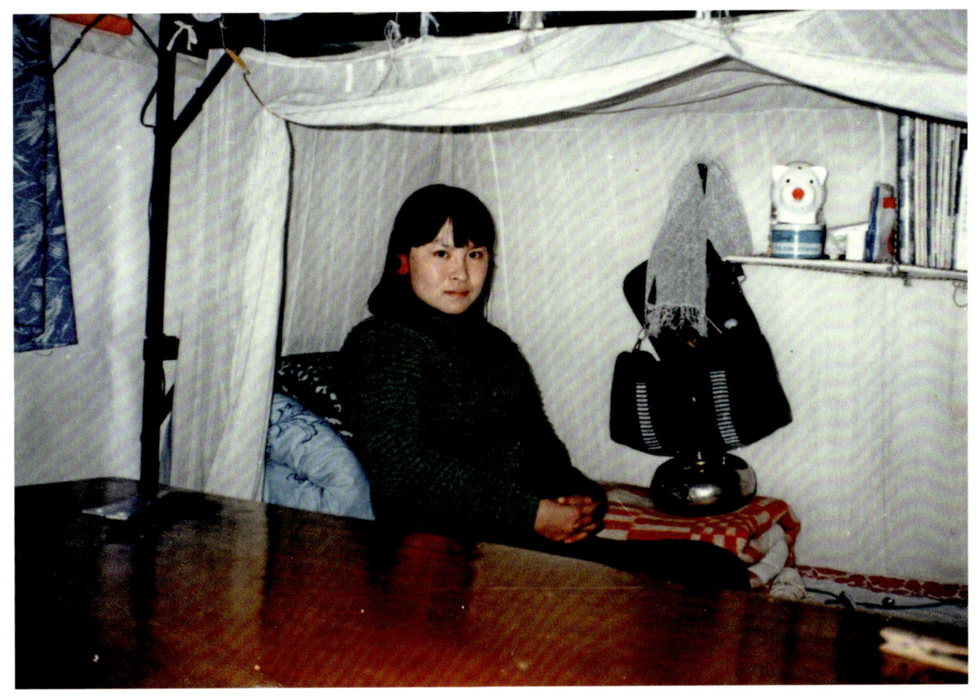

西二楼自控系女生宿舍。冬天，宿舍里没有暖气，怕冷的女生穿着厚厚的衣服戴着耳机坐在床上，脸上没有了笑模样。我说：你们宿舍真干净！她说：这可是女生宿舍啊！1987年拍摄于陕机院

到了夏天，西安的闷热也是小史难以忍受的。小史第一次到西安是高中时的夏令营，没见识过那种热。小史父亲出差跑到营地看她，一见到父亲小史就哭个不停。夏令营老师一个劲地问：咋了？咋了？出啥事了？小史的父亲说：没事没事，娇气！陕机院女生宿舍是7个人一个房间，每人都挂着蚊帐，密不透风，到了夏天就闷热难耐。

精仪系的女生小左是后来加入摄影协会的，在这之前我们并不认识。小左是个百里挑一的漂亮女生，因出众的容貌，她成了很多男生追求的目标。

小左学习很努力，晚饭后经常独自去教室自习，一些爱慕她的男生也装模作样地去小左所在的教室自习，但小左同学不苟言笑，其他人很难搭上话。小左加入摄影协会后我们认识了，一个爱慕小左的男生很羡慕，对我说：能不能给搭个线，介绍我跟小左交个朋友？碍于同学情面，我就如实地把这个男生的话告诉了小左，没想到话刚一出口就让小左给戗了回来：你让他自己来跟我说！其实这样的结果也在意料之中，意外的是从此以后我与小左成了好朋友。小左本科毕业后又考上了研究生，研究生毕业以后在上海一家外企工作，直到现在我们仍有联系。说起我寻找陕机院老照片的事，小左说：你拍了那么多照片，就没给我拍过，当年你要给我拍一些照片，我也能留下上大学时的青春记忆。我仔细想想，也许是因为太熟悉了，而且都是西安人，就想着以后有的是时间，结果小左的照片一张都没有。

小左是交大子弟，父母都是交大的老师，父亲是交大西迁时来西安的，母亲是西安本地人。小左家就住在陕机院南门对面的交大新村，小左有一个姐姐和一个妹妹。姐妹三人都是六十年代出生，也都是八十年代的大学生。小左的姐姐考上了西安公路学院，2000年与西安工程学院、西北建筑工程学院三所部属院校合并组成了长安大学。小左的妹妹考上了陕西财经学院，2000年与西安医科大学、西安交通大学三校合并，成为新的教育部直属西安交通大学。这与我家情况有点类似，我们都是六十年代出生的人，不同的是我家是弟兄三人上了大学。有个星期天上午，我和另一个男生到小左家，见到了小左的姐姐和妹妹，三姐妹一个比一个漂亮。到了中午那个男生还是没有走的意思，我就提醒他：赶紧走吧，人家又不管饭，再晚学生食堂就没饭了，他这才恋恋不舍地走了。

西二楼自控系女生宿舍。1987年拍摄于陕机院

学校和老师对大学生谈恋爱的态度是不禁止，但是也绝不提倡。当年有人把大学生的恋爱分为十类：浪漫型、避风港型、互相填补型、同情型、玩世不恭型、权力型、解放型、攀比型、柏拉图型和神经质型。食堂开饭的时候和晚饭后在女生宿舍门口就能看到出双入对的男女同学。虽然谈恋爱是很多同学的美好愿望，但还没有达到成为一种风气的程度，与女生比例太小也有一定的关系。男女同学之间交往相对含蓄，由于毕业分配后往往各奔东西，最后修成正果的不是很多。即便如此，异性同学之间那种真挚的或许是朦胧的情感也给人留下了美好而难忘的青春回忆。

11

校园讲座

二十世纪八十年代大学校园的学术氛围充满了对未知领域的探索精神，刚刚打开的国门带来了许多新生事物，学校的课外活动非常多，社会上各种思潮也异常活跃，大学生读书、演讲、听讲座蔚然成风。图书馆、食堂和宿舍门口的海报栏经常贴着校园活动广告，其中各种讲座五花八门，几乎每周都有，内容涵盖政治、经济、文化、哲学、文学、艺术、电影、书法、海外见闻、海南考察，甚至西装裁剪、烹饪烹调等，几乎无所不有，如果哪一周没有讲座，同学们就会觉着少了点什么。通过这些丰富多彩的讲座，同学们了解了各种最新的社会现象和最前沿的学术思潮以及演讲者的独到见解，这些讲座里的新思想、新见解、新现象都是教科书里看不到的，就像是又打开了一扇门，诱惑着大学生们走进去一探究竟。

八十年代中期社会上开始流行西装领带，1987年陕机院有一个西装裁剪讲座，来听讲的女生居多，摄影协会的小左同学就是其中之一。西装裁剪需要大桌子，就借用了学生会的一间有大桌子的办公室，讲课的是个年纪不大的男师傅，用大张纸代替布料。讲课师傅动作流利，思路清晰，讲解了全套

我们班王同学在陕机院图书馆门口，这张照片是用一个没有拍完但需要冲洗的胶卷拍的。图书馆门口通常会有各种海报、通知等。1987年拍摄于陕机院

西装的裁剪要点，把看似复杂的西装制作过程归纳得简洁扼要，让听讲的同学们大开眼界。

有一个学者讲的访美见闻，我只记得他说美国鸡肉最便宜，鸡蛋、香蕉每过三天价格打折一半，最后香蕉熟了，最好吃的时候最便宜。

1988年初，大学生摄影协会会长张同学和陕机院团委书记袁老师，到西安电影制片厂请吴天明厂长来陕机院做电影讲座，考虑到来听讲座的人会很多，讲座地点放在了学生食堂的大厅里，没想到还是坐不下，后面和门口都站满了人。当时吴导演执导的电影《老井》刚刚上映，与几年前的《人生》风格迥异，很多同学都有问题想问，比如拍《人生》时的摄影张艺谋是如何成为《老井》中的男主角的。后来有同学开玩笑说：你们玩摄影的一不留神就可能变成电影明星了。吴导演详细讲解了从《人生》到《老井》的叙事方法、场景运用、人物刻画等方面的不同，耐心回答了同学们的提问，并且讲了一些拍摄过程中发生的小插曲。不同于《人生》是改革开放初期的作品，歌颂劳动及劳动者仍是其主旋律，《老井》则让人明显感受到了新现实主义的美学观点。其实我们不知道的是这不仅仅是吴导演个人的艺术观念发生了变化，也是中国新一代导演的一次大胆尝试，同时也对国内后来的电影作品产生了深远的影响。

摄影协会小岭的父亲曾经是新华社记者，1988年初利用到海南出差的机会对海南做了一个较为全面的考察，管理系老师听说后就邀请小岭的父亲为管理系师生做了一个海南考察报告，但没想到很多外系师生来听，报告会现场座无虚席。

1987年有一个陕西作家邹志安《眼角眉梢都是恨》的新书讲座。那时我知道了，陕西作家不仅有路遥，还有邹志安。那次讲座去听的同学很多。学校图书馆里路遥的《平凡的世界》要排队借阅，等不及的就去买了，有的还不止看过一遍，到现在还有同学珍藏着这套已经看了十几遍的小说，只是无缘见到路遥本人。这次邹志安来讲座，很多同学都想看看大作家是什么样子的。三毛的书最热销，也是同学们茶余饭后讨论最多的读书话题。

《眼角眉梢都是恨》封面

一本《丑陋的中国人》更是冲击着同学们敏感活跃的思维，很多人产生了强烈的共鸣，自然也引起了激烈的讨论和争论。还有琼瑶的、村上春树的书也有很多同学爱看。有一个上海文化出版社出版的《五角丛书》，五毛钱一本，很受同学们喜欢。虽然此时我也在看三毛的书，不过我显然已经没有了作家梦，作家也不是谁想当就能当的。

《丑陋的中国人》封面

八十年代涌现出了一批新时代的英雄模范，有舍身救人的大学生张华，有身残志坚的张海迪，有为国争光的排球女将。小说《高山下的花环》看得同学们热泪盈眶。1986年底，对越自卫反击战英雄徐良来校做报告“最可爱的人”，英雄的事迹和一曲《血染的风采》激发了同学们的爱国热情，不久自控系排练了舞蹈剧《血染的风采》。

1986年，中国女排荣获“五连冠”，全国掀起了学习女排精神的热潮。1986年底，自控系元旦晚会上有人提议：拉起排球网，用头顶气球比赛。比赛现场同学们兴高采烈。1986年拍摄于陕机院

1987年9月，中国首届艺术节在北京举办，由此各地掀起了艺术节热。1987年12月，陕机院也举办了首届艺术节。陕机院首届艺术节是和一二·九运动纪念活动一起举办的，陕机院没有专用的礼堂，借用的是陕机院西邻的兴庆剧院，一个小剧场。兴庆剧院的座位有限，僧多粥少，票不好搞，一位参与演出的同学特意送了我一张票。

相对于“文革”开始后的66、67、68级初、高中学毕业生被称为“老三届”，刚恢复高考的77、78、79级入学的大学生被称为“新三届”。不同于“新三届”大学生，八十年代入学的大学生基本都是六十年代出生的，六十年代是中国人口出生的高峰，很多家庭都是好几个孩子，同学之间的包容明显不是后来以独生子为主体的大学生能比的。同学之间的相互沟通交流非常纯朴，同学之间打架的极少，连吵架的都很少见，偶尔因为生活习惯问题闹点小矛盾也很容易解决。

如果来了同学或朋友没地方住时，在宿舍的床上挤一下睡一晚都是家常便饭，习以为常。寒暑假到外地旅游时联系在当地上大学的同学，住在学生宿舍里也成了节省住宿费的好办法。同学的父母和家人来学校看望时，其他同学也倍感亲切，就像自己的家人来了一样热情对待。经过几年的大学生活，大家都成了兄弟姐妹，在送外地同学回家上火车时，很多从来没有哭过的男生眼里也饱含泪水。几十年后再联系，一句老同学的称呼胜过千言万语的问候。

陕机院首届艺术节大学生时装表演。1987年拍摄于兴庆剧院

陕机院首届艺术节大学生霹雳舞表演。1987年拍摄于兴庆剧院

12 校园热点

很多上过大学的人都说上大学更重要的是上大学时的经历，作为八十年代大学生，我深以为然。没上过大学的人一般都认为在大学里就是学习专业知识；而上过大学的人才知道，除了学习以外，大学里丰富多彩的课外活动和社会实践才是影响终身的人生财富。

改革开放初期的新闻媒体对改革过程中各种“热点”的跟踪报道，对包括大学生在内的整个社会起到了巨大的引导作用。在大学生中，八十年代前期出现“考学热”“求知热”“自学热”“学术热”“爱国热”“读书热”等；八十年代中期出现“改革热”“成才热”“演讲热”“参政热”等；八十年代后期出现“反腐热”“海南热”“出国热”“经商热”等。一本畅销书，一部获奖电影，一首流行歌曲，一个重要信息，都能瞬间传遍社会的各个角落，大学生们通过各种形式对形成“热点”的社会现象表达关注，俨然成了各种社会现象的“晴雨表”。其中，大学生演讲就是展现自我、表达思想情感的一种方式。管理系85级的朱长保同学在1987年陕机院学生演讲大赛和西安市高校演讲邀请赛中都获得了一等奖。

1987年西安市高校演讲邀请赛现场。1987年拍摄于陕机院

下面是朱长保同学获奖的《路在脚下》演讲稿：

青年——就是我们，我们要回答得毫不含糊！

社会——是我们的，我们应该勇敢地去把这个责任担负！

我——每一个我，都应该去开拓自己脚下的路！

有一个记忆，十分清楚。就在9岁那年，妈妈带我去春游，在那野山上，一颗少年的心尽情地撒娇，我野马驹儿一样地跑呀跳呀。山花呀，蝴蝶呀！我享受着少年与春天的幸福，我拼命地追着两只蝴蝶，终于抓到了，我跳跃着，欢呼着。哟！坏了，我已置身于荆棘中，我对着在山头上小憩的妈妈喊：妈妈，我抓到了蝴蝶，可我怎么上去呀，我没有路。

妈妈淡淡地说：怎么会没有路呢？脚下不就是路吗！我咬着牙！拨开荆棘野草，那是苦苦地攀援呀，嫩得粉团一样的手臂上，野草扒开皮肤还给我化妆，汗水再流进去，好痛呀！但我终于走出了一条路，妈妈笑了，那笑此刻就在我眼前，没有安慰，只有一句话：好样的，孩子，就是这样的。后来，妈妈让我写篇小学生日记——春游，我写完了，妈妈要批改的（少年日记没啥神秘呀！），后来她批了个：咋没有路呢？脚下不是路吗！

少年时播在心灵上的种子，长大了会萌芽开花和结果的，在高考的超负荷下，我曾退却过。妈妈心疼地说：你好瘦呀！我来了个顺水推舟：妈妈别让我受苦了，让我给爸爸开汽车吧！妈妈说：爸爸的车走的是爸爸的路，你愿一辈子搭乘爸爸的车吗！路在你的脚下呀！我又一次咬紧牙关冲了过来。噢！咋能没有路呢！路就在脚下。

自然而然，走自己的路是要吃苦的，路在脚下但不是现成的。但是，我们要像推土机一样铲平无数荆棘和艰难，把失败当作阶梯，把拼搏视为理所当然。既然我们降生在祖国这块土地上，就要无穷无尽地努力，为了祖国，把每一个我的思想铸成历史的丰碑。那样你走在脚下的路上，祖国大地会发出坚实有力的回响，如果每一个中国人的脚步都让共和国的大地产生回响，那合奏出多么雄壮的前进交响乐哟。真的会震撼世界的，真的！

有一个眼睛在提问：小伙子，你站在台上太天真了。追求自己脚下的路，除了成功还会有失败呢！是呀！我的朋友。不过，失败了怕什么，幸福和欢乐不在追求之后，而在追求之中，即使失败了，又有什么呢？您的努力

小田在中学时就多次参加演讲比赛，得过年级第一的好成绩。当时她对中学班主任张老师说自己很害怕，一紧张忘了词怎么办。张老师说：背熟了，就算紧张也会很快想起来。于是小田每次演讲前就把演讲词背得滚瓜烂熟。可她仍然很害怕，腿都会发抖，只是别人没看出来而已。在西安市高校演讲比赛中听了朱长保同学的演讲，小田被深深地打动了。她感觉自己那种背稿子的所谓演讲实在是没有技术含量，从此以后就再也没有参与演讲了。1987年拍摄于陕机院

开拓会像颗流星一样，把光留给冷寂的博大空间，而如果每一个中国人都这样去努力拼搏，那我们祖国的天空也将会一片光明。

不开拓没有办法呀！历史会把你忘掉的，历史的残酷就在于它把你忘却掉，如果每个你我都被忘掉，一个伟大的民族也将会被历史忘掉，那是多么可怕呀！话说到这里，我沉重地回想起前几天中央人民广播电台的报道，世界科技展览会美国拿出了从月球取下的岩石，苏联展出了第一颗重型人造卫星，你知道我们展出的是什么？张衡地动仪仿制品。哎哟！讽刺呀！反差呀！

该思索了，该开拓了！

你从哪里来，我的朋友？我不知道你要往哪里去，我的朋友！我奉劝你沿着自己脚下的路：

前进吧，共青团员们，前进吧，青年们

我们的青春火样红，我们的壮志凌云空

前进吧，党的儿女

我们是党的突击队

献身“四化”打先锋

发扬“五四”精神，继承“五四”传统

建设祖国，献身改革

团结奋斗，奋勇向前进

壮丽的共产主义向我们招手

奋勇开拓我们脚下的道路

如果说八十年代中期是一个思想文化的热潮，那么八十年代后期就是席卷而来的经商热浪。关于大学生该不该经商，在1988年陕机院学生科协出版的《全息》刊物上总结了A、B两种截然不同的观点。

A是认为大学生可以经商的同学的观点：

第一，国家宪法、法律和地方法规没有限制大学生进行商品经济交易，大学生的经商属于国家普通公民的正常活动！

第二，当前，我们国家大力发展商品经济，提高整个民族的商品经济意识，这种客观条件为大学生经商提供了良好的社会大环境。

1988年陕机院学生会科协油印刊物《全息》封面

第三，大学生经商是大学生自身发展的需要：大学生需要了解社会、培养能力、树立经济和自立观念等等。大学生经商在这些方面都能有所发展。当然，经商不是大学生自我培养的唯一途径，但应肯定它是一条良好的途径。

第四，大学生有智力优势，可以在大到国家、小到个人的范围内开拓广阔的交易市场；大学生是一代青年中的优秀分子，大学生从事商品经济，对于打破人们对经商的传统偏见，对于树立整个民族的商品经济意识，对于他们今后在生产建设中发挥作用，都是一个积极的促进！

综上所述，大学生经商不但可能，而且必要。在这里，我们想就经商的概念给以广义的阐述。经商应当是既包括直接的商品流通，也包括科学技术的转让的广义的商品经济交易。在我们国家，改革开放促进了技术市场的广阔开放，大学生可以（也应当）在技术市场中向社会奉献技术商品，从而利于国家，也利于个人。在认识大学生可以经商这一问题上，必须反对两种错误观念：一是把大学生经商和大学生勤奋学习绝对对立起来，或者夸大大学生经商和大学生学习之间的矛盾；二是把大学生经商和产生拜金主义思想等同起来，或者夸大它们之间的一定联系。

B是认为大学生不可以经商的同学的观点：

第一，大学生经商与学习确有冲突。

一般说来，大学生还是要以学习为主。掌握好自己的专业知识，丰富自己的阅历，开阔自己的知识面，应付各种人际关系，光这些就够他们受的了，还去经商，这不明摆着要挤去学习和生活的一部分时光嘛！何况这生意经也难念呀！讲究的是时间和效率。“时间就是金钱，效率就是生命。”做生意势必与学习时间发生摩擦，有时还造成很大程度的冲突，这倒不是主要的，更令人心焦的是他们初出茅庐，经验不多，吃亏不少，盈利不多，一旦亏本，可掉了饭碗的钱呀！心急如焚，萎靡不振，好好的时光就这样眼睁睁地看它流失，太可惜了。湖南大学机械系一位86级学生就成了这场竞争中的“牺牲者”之一。他左右奔波，沟通了渠道与人合伙办了个咖啡馆，花去的本钱不少，但因管理不善，结果不到一个月时间，连连亏本，不得不倒闭，他本人也浪费了好多学习时间。经受这一沉重打击后，他挺不住了，功课无一门及格，最后不得不退学，可悲啊！有的人认为“学习和经商发生冲突是夸大其词”，这是他不了解实际的结果。我只想奉劝一句话：“到实践中去吧，到时它会告诉你的。”

第二，大学生经商与失足现象之间的联系。

在校的大学生中，因经商而盈利有，但因此而失足的例子也不少。厦门大学一位85级学生，羡慕做生意钱来得容易，铤而走险了。他开始经营磁带生意，头炮打响，赢了几十元。他尝到了甜头，第二炮又打响，100元又进了他的腰包，应该说他知足了吧！不，他的胃口还大着呢！他既想做“时代的骄子”，又想成为令人刮目相看的年轻的“万元户”，哪有这么美的事呢！为了这个宏大的“目标”，他眼红了，请假一个星期，利用特区之便，偷偷架出了一座从阴暗地带到文明校园的磁带桥梁，利用青年的心理特点，再加上那被铜绿熏透了的利欲心，让好多黄色的磁带流入高校这块圣地，他最终锒铛入狱，希望的肥皂泡破灭了。有人说这不足为奇，但大学生世故不多，经验不足，初涉生意圈，很容易上当受骗。这不能不引起我们的关注，敲响他们的警世钟，还是少讨点苦吃为好，路还很漫长呢！

第三，大学生的经济条件决定了他们的生意难做。

众所周知，大学生是消费者中的“特种兵”，他们热衷于新潮，关心着国内国际大事，紧跟着科技方面的新步伐，光这些他们的开支就不少，何况令人讨厌的物价上涨，决定了他们还是节约为善。在校大学生的经济来源于家庭，而又有多少家庭是“百万富翁”呢？何况做生意需要的本钱不少，盈利还好，要是亏了呢？没有强大的经济力量做后盾，没有一点关系网做条件，再加上他们的年龄，他们成功的概率大吗？过早地闯入社会，叩开生意场的大门，能保证担的风险小、站得稳吗？可别误了他们的锦绣前程，他们的经济条件决定了他们的生意难做！

第四，大学生经商与商品经济状况。

商品经济发展的快慢，与大学生经商的成功与否有着一定的关系。有的人说“国家大力发展商品经济，为我们大学生经商提供了条件”，但光有这个条件，国家不给予帮助，社会上不给予支持，经商能成功吗？我看这样经商的气候是很短暂的，很快会夭折的。有人说“我们国家的商品经济很不发达，需要我们大学生去给予一点影响”，但权衡我们得到的和失去的，作为一个做生意的爱好者，会很快做出回答的。

愿各位大学生们深思熟虑！愿朋友们三思而行！

虽然两种观点争论不休，但此时已经有大学生在陕机院校园里办起了咖啡屋。摄影协会旁边有一间空着的大房间，1988年初几个学生会高年级同学租了下来，办起了咖啡屋。夜幕降临时，在桌子上铺上台布，点起蜡烛，录音机里轻声播放着理查德·克莱德曼的钢琴曲，要上杯红酒或咖啡，已然有了几分灯红酒绿的味道。把学校食堂做的蛋糕切成小块，放在白瓷盘里，配上小叉子，俨然一份西式糕点。新潮时尚、喜欢浪漫情调的同学会在这里小聚，也有在这里举办生日酒会的。

除了咖啡屋，大学生摄影协会开设的彩色黑白照片冲印服务，在广播站担任机务的机械系赵雨春同学开设的小家电维修，还有同学开办了图书租赁等，都表明大学生的经商意识日益浓厚。不仅在校园里经商，也有人退了学去海南做生意，个别家里条件好的同学选择了出国留学。

八十年代是诗歌的年代，也是大学生诗歌最辉煌的鼎盛年代。因为思维方式和精神气质的不同，有人说：八十年代的诗人更像诗人，九十年代的诗人有点像诗人，之后的诗人不知道像什么。北岛、顾城、舒婷、海子、梁小斌等人的诗歌在大学生中产生了广泛的影响。大学生们阅读诗歌、创作诗歌、评论诗歌，向女生表达爱慕之情也用诗歌。

我们班王同学在校园里的咖啡屋过生日。1988年拍摄于陕机院

在王同学的生日晚宴上，我与王同学玩猜手指的游戏。1988年其他同学用我的相机拍摄

小文和小田是双人诗朗诵的搭档，她们都是在高中时就喜欢音乐、文学和诗朗诵的。小文更是能歌善舞，从小学到大学的文艺表演都少不了她的身影。1988年冬天的一个星期天早上，陕西省公关协会来学校招聘兼职人员，小文报了名，然后兴冲冲地跑到小田的床前，叫醒正在酣睡的小田，让小田赶快起来，配合她表演诗朗诵。小田半睁双眼，见小文穿着漂亮的大红呢子西服，精神无比，小田说：没睡醒呢，去不了。然后一翻身接着睡了。小文看到叫小田起来没希望了，气呼呼地扭身就走。下午小文回来了，说自己表演了单人诗朗诵，被录取了。不过后来也没听说有什么动静。

1987年中秋迎新晚会上她们联合表演了配乐诗朗诵《永生的和平鸽》，叙述了对越反击战中的一位年轻战士奔赴战场，为国捐躯的故事。当时看到这张照片时小田很不喜欢，嫌照片上的自己瘪着嘴，难看，不肯要，小文就把照片留下了。现在小田看到小文保存了30多年的照片，才想起来她们还有这档子事。小文说：当时你嫌难看不要这张照片，我留下了，现在看看，是不是挺可爱的？30多年来，她们各自经历了不同的人生境遇，一个在银川，一个在深圳，其间只见过三次面。她们的第一次见面是在2002年夏天，小田去深圳开会，小文带着桂味和糯米糍味两种荔枝去会场找小田。第二次见面是在小文家，几年前电话里聊天小田说没吃过山竹，这次她准备了很多。她用小刀剖开一个个山竹，取出果肉，递到小田手里，那是小田第一次吃山竹。第三次见面是在2010年夏天，小文带着女儿到上海看世博会，当时在上海工作的小田，和她们一起在浦东吃了全聚德烤鸭。孩子回去告诉姥姥：上海的饭菜很不对口味，只有小田阿姨带我们吃了一顿好吃的饭。她们每年都会有几次一小时以上的聊天，过去、现在、将来，总有说不完的话。

1987年中秋迎新生歌舞晚会上，小田和小文双人诗朗诵。陕机院没有专用的礼堂，这个晚会是在学生食堂里举行的。1987年拍摄于陕机院

小文能歌善舞，这是小文在另一场晚会上的时装表演。1987年拍摄于兴庆剧院

13

水星乐队

87级新生小岭是西安人，是个活泼开朗的女孩。小岭家住在西安市东郊几所大学扎堆的地方，南面紧邻西安第四军医大学。她因为高考没考好才上了陕机院，其实心里面藏了很多的不满意。陕机院没有交大名气大，没有四医大牌面大。陕机院没有室内体育馆，游泳池也是露天的，用的是直接抽取的地下水，如果不在阳光下暴晒几天，水凉得瘆人。所以刚开学时小岭经常去交大游泳，在游泳的时候认识了不少交大的学生，还时不时到交大蹭课。

从高中生到大学生，小岭开始并不适应，一直到了年底，陕机院各种各样让人应接不暇的迎新年活动开阔了她的眼界。东郊这几所大学虽然都是理工科院校，但陕机院包容开放，各种课外活动丰富多彩，使整个校园充满了青春活力和文艺气息。所有这一切都在慢慢吸引着她，改变着她，让小岭从那个穿着羽绒服还戴着套袖，随时准备趴在课桌上学习的高中生一下子改变了模样。那天在我们班的教室里，元旦晚会正在举行，也不知是谁引荐的小岭，反正她来了，还在晚会上唱了一首琼瑶电影里的插曲《月朦胧鸟朦胧》，就这样我们班很多人都认识了小岭。因为我比小岭大几岁，她就叫我

小岭在校园里。1988年1月拍摄于陕机院

小岭与管理系攻读第二学位的几位学长合影。1988年6月拍摄于陕机院

大哥，以后就这样叫下来了。后来小岭加入了学生摄影协会，她说加入摄影协会完全是打酱油的，因为她到现在都没弄明白什么时候光圈要开多大，只会用全自动曝光，唯一能有一点长进的就是对于构图和色彩的理解。可是小岭会很认真地在摄影协会值班，中午休息的时间也会认真接待对摄影有兴趣的同学的来访。

1987年到1988年，陕机院的跨年舞会是在地上油污滑腻的学生食堂里举办的，小岭也去凑热闹。虽然去看的人不少，但跳得熟练的却不多，同学们跳着俗称三步四步的交谊舞，小心翼翼地生怕踩到对方的脚。尽管如此，小岭也不会跳，只能等着中场放迪斯科的时候，鼓足勇气，像踩了弹簧一样跳进油腻腻的那片地，在众目睽睽之下跳了起来，成为少数跳迪斯科的女生。在那天的舞会上，有男生穿着牛仔衣牛仔裤，脑门上绷着绷带跳机械舞，其中还有动作是“擦玻璃”。有几个来自西安培华女大的女生跳的迪斯科吸引了小岭，看着别人熟练挥洒的舞姿，小岭渐渐靠近她们，跟在后面模仿，居然也学会了。在这之后，小岭就喜欢参加学校舞会了。

一转眼，春暖花开，新学期到来了。小岭终于成为自己想象中的女大学生的样子，头发留长了，披在肩上。社会上流行健美裤蝙蝠衫，小岭也加入这个行列。西安的春天特别短，似乎在清明之后冷了几天，就一下子进入了夏天，每年的运动会都是在这个时节召开的。运动会是陕机院一年一度的盛会，每个入场方阵举牌子的女生自然是各系的系花。小岭宿舍对面211宿舍的章学姐给自控系打牌子，她穿的一件连体马甲裤配白衬衫，小岭看着非常喜欢，就借回家穿给妈妈看，妈妈带着她去裁缝那里，比画着给她做了一条一

陕机院西二楼女生211宿舍。1988年拍摄于陕机院

模一样的裤子，这条裤子穿上显得身材修长，小岭后来穿了很多年。

这个春天，也开启了小岭的阅读之路。中学的时候，小岭的阅读主要集中在《当代》《收获》《译林》这些大型文学期刊中的小说，以及一些世界名著，港台文学几乎没有涉及。小岭很感谢学姐们的床头好书，没事转转其他女生宿舍，翻翻她们床头的好书，有兴趣的就借回来看。有一本香港才女亦舒写的《喜宝》，让小岭知道了穷人家的孩子只要好好读书，是可以改变自己命运的。就在这个时候，中国台湾电影《欢颜》和《喜宝》在陕机院东门外的长乐电影院上演，小岭和几个同学一起去看了。

1987年，水利系学生会会长吴江张罗着组建乐队，因为是水利系的学生会发起的，乐队的名字得跟“水”有关，于是有人提出“水星乐队”这个名字的时候，大家一致赞同。此时是同学们施展各自能力的时候了，大家勉强拼凑出了电吉他和电贝斯、架子鼓等。电子琴是学校提供的，弹电子琴是小岭的长项，可是没人会打架子鼓，不知是谁从交大子弟中请来了刚刚从部队退役的鼓手蒋力，总算是勉强凑齐了。当时陕机院正流行交谊舞会，可是每次办舞会放的都是录音磁带，没有乐队现场伴奏总缺少一些现场气氛。于是水星乐队排练节目的第一个目标就是练出一场舞会的曲目，很快大家就拉出了不同节奏不同速度的曲目单。舞会开场需要情绪热烈，开场曲就用《蓝色多瑙河》；第二首曲子应该慢一点，就用《云河》；第三首曲子应该是慢三拍，就用《最后的华尔兹》；第四首就选快四步的音乐《敢问路在何方》。这是乐队第一次尝试带歌手演唱，歌手就是学生会会长吴江，没想到配合得特别好，获得了大家热烈的掌声。

1987年4月，我们班杨同学在陕机院第十一届运动会上为管理系举牌。小岭说的章学姐是1988年4月在陕机院第十二届运动会上为自控系举牌的。1987年拍摄于陕机院

杨同学是当年陕机院同学中除了我以外唯一还在摄影的，本图由杨同学提供。2022年杨同学在拍鸟

从那之后，水星乐队开始给舞会伴奏，舞会就收费了，一张舞票2块钱。演出结束后，作为乐队成员，每人有5块钱的劳务收入。从这之后小岭再也没有时间去跳交谊舞了。这支电子乐队的出现，使得周末舞会从录音机播放音乐进入到现场乐队伴奏时代，免费的周末舞会也变成了需要买票入场的舞会。陕机院的周末舞会在周围的学校里很有影响力，周围其他大学的很多学生和在附近居住的年轻人，星期六晚上都来陕机院跳舞。后来毕业的时候，水星乐队的吉他手和贝斯手签约了广州的一家唱片公司，正式进入音乐行业。

随着流行音乐的普及，港台歌曲风靡大陆。长发、喇叭裤、蛤蟆镜、花衬衫，再身背一把吉他，绝对是最时髦的装扮。1985年，长春电影制片厂摄制了音乐故事片《路边吉他队》，一上映就大受欢迎。1986年，崔健的一首摇滚歌曲《一无所有》更是火遍了祖国大地。此后诗歌和吉他成了八十年代大学生的标配，不管男生女生，宿舍里几乎都有一把吉他。在各种文艺表演中，在同学聚会中，在外出游玩中，都少不了吉他的影子。

1987年，水利系85级的张楚同学在大学生校园歌曲大赛中，自己作词作曲，自弹自唱的一首吉他曲获得了第一名，表现出了异于常人的音乐天赋。后来张楚退学到北京发展，组建了毒刺乐队，开始创作歌曲，从此走上了音乐之路。1989年录制的一首歌曲《姐姐》火遍了大学校园，张楚和许巍、郑钧并称为西安“三剑客”。

吉他当年不仅仅是在大学校园里流行，还在整整一代年轻人中流行，我妹也是吉他爱好者。1987年拍摄于我家里

1988年秋天上了大二，小岭学会了跳交谊舞。为了跳舞，小岭专门买了一双黑色的细跟尖头高跟鞋，脚踝带一根细细的鞋带，这种高跟鞋在当时很拉风，买鞋的35元钱也是小岭半个月的生活费，后来好几次有女生为了参加晚会、做主持人，专门找小岭借鞋，小岭都有点舍不得。为了在周末舞会上精彩亮相，她们宿舍的女生互换衣服，每个人都打扮得漂漂亮亮。她们用卷发棒把直长发卷成大波浪，转动着大喇叭裙，然后宿舍几个女生一起走进正在举办舞会的学生食堂。每当音乐响起的时候，总有男生伸出手邀请她们跳舞，这个时候是女孩子们充满自信的时候。每次舞会结束之后，大家还意犹未尽地谈论着某男生对谁有意思，总请她跳舞。到此刻小岭才发现，她们宿舍的女生个个都还没有男朋友。

如果说大学里总有几个学生社团属于高大上的，让人可望而不可即的话，那么在小岭眼里陕机院大学生广播站就是这样的。带小岭走进广播站的是学姐陈同学，陈同学在广播站做编辑，笔名雨辰，负责《在周末》和《诗词欣赏》节目。小岭没敢报名加入广播站，可是广播站那个温暖有爱的集体却深深吸引着她。于是小岭空闲的时候就去广播站玩，看他们组稿，看他们录音，看他们制作，然后在校园里听着大喇叭广播享受他们的成果。其实小岭的表达和朗诵基础不错，不是自己缺乏自信，而是学长们的水平太高。有一个学长肖同学，笔名逍遥，他自带低音炮的胸腔共鸣，不仅饱含磁性，而且充满了新闻播音员应有的一种让人愿意去接受信息的诚恳。小岭自知自己稚嫩的声音播不了新闻，配乐诗朗诵和配乐散文朗诵比起她们也差得太多。

广播站编辑陈同学在陕机院广播站过生日。1988年拍摄于陕机院

终于有一天，小岭也给广播站《每周一歌》栏目写了一篇稿子，在广播里听到自己的名字的那一刻，命运或许已经将小岭和广播传媒绑在了一起。小岭一直都很好奇，这些非广播电视专业的同学是怎样制作出这样有灵魂、有温度、有质量的节目的，她认同陈学姐说的：热情和爱好就是创造力。广播站节目的主题选取、文案写作、内容编辑、主持人录音到最后的录音合成分别由编辑、播音和机务三个部门的同学完成，井然有序，而且同学们之间的合作非常愉快。节目是提前录制的，特别是新闻节目，都是提前一天经过严格的校对，晚上10点前录音，第二天请有关老师审核后再播出。

谁也不曾想到，小岭这个从未在陕机院广播站播音的女生最后竟然成了专业主持人。以小岭专业的角度来看，那个时候陕机院广播站的同学们有敏锐的洞察力和高效的践行能力，陕机院广播站的节目制作水准很高，放到今天也可圈可点。这些非广播电视专业的学生已经把广播节目设计成工作日版和周末休闲版，将节目内容与听众生活节奏相适应。这样的制作理念是专业广播电台在九十年代初广播改革，从编辑到播音才开始倡导和践行的。

小岭从陕机院毕业之后，进入陕西人民广播电台做了主持人，之后分别获得陕西人民广播电台“金话筒”节目主持人奖、西安人民广播电台最佳节目主持人奖、中国城市电台优秀节目主持人奖等，还多次获得中国新闻奖和中国广播文艺奖。2000年，小岭出国留学，经过了漫长而艰苦的努力，在德国获得了文学硕士学位和理学博士学位，是陕机院大学生摄影协会成员中获得学位最高的一个，现在某高校任教。可惜的是，小岭出国留学期间，家里老房子拆迁，她不在家，她的很多东西包括照片都被丢掉了。

陕机院广播站播音室。1987年拍摄于陕机院

小岭喜欢音乐，也一直没有离开音乐。大学毕业离开水星乐队后，她加入了另一个电子乐队，不同的是这个电子乐队的成员都是陕西省歌舞剧院和陕西省音乐家协会的老师，小岭在乐队做主唱和主持人。在大学任教期间，小岭带着她的学生们组建了一支学生电子乐队，并且在2015年陕西省大学生艺术节流行乐队大奖赛中获得了冠军。

1988年4月广播站在陕机院第十二届运动会上做宣传报道。1988年拍摄于陕机院

14

初入职场

在陕机院上学时，一些年龄小的学友称我为大哥，我也感觉自信满满，进了工作单位才发现自己年龄最小，而且其他同事都比我大得多，我时常感觉自己像个手足无措的小学生，幸好很快又来了几个刚毕业的大学生。

小英与我一样也是1988年毕业的，她毕业于当时的西安大学。西安大学是顺应高考招生的大潮，由西安市政府批准，成立于1980年的全日制地方性综合大学，仅面向西安本地招生，校址就在西安市六中的斜对面，与六中一路之隔。1990年以后西安大学与西安其他几所院校几经合并、更名，最后成了现在的西安文理学院，现在几乎没有人知道八十年代还有个西安大学的事了。大学毕业生最重要的特征是身份的转变，不管你以前是农民还是居民，大学毕业后都是干部身份，不同于工人。我去单位办理入职手续时，听人事科的人说：一般大学生的干部指标都是省人事厅转来的，西安大学毕业生的干部指标是西安市人事局转来的，可能因为西安大学是西安本地大学的缘故。

小英在单位实验室。1989年拍摄于西安某电子研究所

1989年初，我和小英在某电子研究所同一个项目组上班，研制一个微机控制系统。控制程序是要烧写到ROM中运行的，当时用的ROM是带玻璃窗口的，烧写新程序时要用紫外线擦除器擦除原有内容，由于紫外线擦除器的频繁工作，供电用的24V/2A直流稳压电源经常损坏，很耽误工作。我就跟项目组长说：我来做一个吧。项目组长是78级西北工业大学的毕业生，30多岁，他虽然不太相信我这个刚毕业的学生，但也很无奈，说：那你就试试吧。其实以前彩色放大机卤素灯供电用的24V/10A大功率直流稳压电源我都做过，这个小功率稳压电源更不在话下。后来项目组长对我说：你的动手能力很强，你做的那个稳压电源每天一上班就开机，直到下班才会关掉，从来没管过，也再没有出过问题。

由于工作的需要，项目组新购置了一台IBM286计算机，那时计算机还不叫电脑，电脑这个名称是个人计算机大量普及应用后的通俗叫法，差不多是10年以后的事了。项目组以前的几台计算机都是单色显示器的PC机，这次新买的IBM286计算机是当时最先进的，配置了一个彩色显示器，大家都很高兴。项目组长在所里借了一辆人力三轮车，但他自己不会骑，就问组里谁会骑，问下来只有我会。于是我骑上三轮车，后面坐着项目组长扶着新买的计算机的几个包装箱，一路小心翼翼地拉了回来。路上，项目组长羡慕地说：会骑三轮车太方便了，以后买煤买粮就不用愁了。我知道项目组长要准备结婚了。

我和小英都是从学校刚毕业参加工作的，上下班又是同路。我们上班要经过的南二环正在修路，还未正式通车，新修好的路上空旷无人，每天下班

小英在灞河边。1989年拍摄于西安东郊

小英在半坡博物馆

小英在灞河边。1989年拍摄于西安东郊

我们骑着自行车一路走一路聊，相同的经历使得我们有很多可聊的话题，慢慢地我们变成了无话不谈的好朋友。那一年我们的工作比较轻松，也没有了在学校上学时学习考试的压力，星期天休假的时候，我们几个年轻的同事还像在学校时一样，时常相约一起出去游玩，一般都是去骑自行车能到的地方。

有一天，小英说想去看看灞河垂柳，我随声附和。灞河垂柳是著名的长安八景之一，我以前只是在文学作品中看到过灞河垂柳的描述，并未见过真实的景色。第二天是星期天，一大早风和日丽，我们骑着自行车一路向东，去了灞河边。在灞河边我们边走边玩边照相，时间很快到了中午，我们找了个清爽的地方，拿出随身携带的食物和水壶野餐起来。吃完午饭由于时间还早，我们又去了不远处的半坡博物馆，那时的半坡博物馆地处西安的远郊，博物馆四周几乎荒无人烟。博物馆里人很少，我们认真地参观了一回，在这里拍了几张照片。现在的半坡博物馆周围已是车水马龙，早已没有了当年的荒凉景象。

我工作了一年多以后就离开了单位，但我和小英一直还保持着联系。几年后小英告诉我她要结婚了，新郎是某大学的年轻教师。我先是祝她幸福，然后自告奋勇地提出自备相机胶卷为小英拍婚礼照，作为我送给她的新婚礼物。小英知道我擅长摄影，于是很高兴地同意了，可是她家人却说男方已经请了某大学的专业摄影师来拍婚礼。后来的情况就不用说了，婚礼全程我像空气一样被人忽视着，甚至连吃饭都差点被人忘记。也许正是因为被无视，没有了刻意的摆拍和干扰，我抓拍到了自然而精彩的婚礼过程。几天后当我

我在西安东郊灞河边。1989年小英用我的相机拍摄

拿着冲洗扩印好的足足两卷70多张彩色照片送给小英的时候，她和她家人惊喜万分！原来他们请的专业摄影师装胶卷失误了，胶卷没有挂上片，直到婚礼结束客人散去才发现，最后只好补拍了几张家人的合影照了事。

这件事虽然结局圆满，但从此以后我再也不会去炫耀自己会拍照的那点雕虫小技了。小英结婚以后我们就再也没有了联系，也不知道她现在的情况。

15

健美操比赛

边家村工人俱乐部是西安城外西南部的地区文化、娱乐、商业中心，周围都是学校、研究所、设计院、医院等单位，我家也住在离边家村工人俱乐部不远的地方。西北大学和西北工业大学与边家村工人俱乐部近在咫尺，不远处还有西北电讯工程学院（即现在的西安电子科技大学）和西安体育学院等。八十年代西安的外来人口主要是在校大学生和过来做小生意的南方人，西安的大学数量当时在全国排名仅次于北京，大学生是西安外来人口的主要来源，边家村工人俱乐部也成了周围几个大学的大学生经常光顾的地方。这几张边家村工人俱乐部的照片是用一次拍摄完成后剩余的胶片拍的。

小于同学是西北大学中文系的学生，我们相识是因为小于勤工俭学，利用业余时间在我朋友开的彩扩店里站柜台当营业员。我朋友的彩扩店在边家村工人俱乐部大门的北边，因为彩扩业务的关系我经常去。我曾经的理想就是能成为作家，虽然最后没有实现，但我依然很喜欢文学，有空的时候就跟小于同学闲聊，慢慢熟悉了起来。小于家是陕北延安的，她是家里的老大，还有一个妹妹。其实小于家里的经济条件并不差，她参加社会实践主要是想

边家村工人俱乐部，电影海报上是意大利故事片《八十年代灰姑娘》、国产故事片《开国大典》和日本故事片《炎之舞》。1989年拍摄于西安市边家村

锻炼自己适应社会的能力。那时在大学校园里根本没有可以勤工俭学的地方，不像现在只要你肯干，大学可以给你提供很多可以勤工俭学的岗位。

由于共同的文学爱好，我和小于来往多了起来，与小于宿舍的几位舍友也熟悉起来。她们宿舍的小宋，家是陕南汉中地区的，她的男朋友是西安体育学院的学生，他们都是汉中的，是同乡。两人经常腻在一起，我在小于她们宿舍都看见过他们好几次。有一次小宋对我说：我们照的彩色胶卷能不能给我优惠冲洗一下？我说：没问题。冲洗好以后只收了他们一个成本费。后来听小于说，小宋和男朋友最终还是分手了，小宋为此难过了很久。

还有一个小郑是西安本地人，小郑身材高挑，梳着短发，秋天的时候穿一件风衣，很有文学青年的范儿。有一天小郑自己买了胶卷，请我帮她和她妈妈在西北大学校园里拍些照片留作纪念。为了感谢我，小郑说要请我吃饭，我说请我吃学生食堂的饭就可以，小郑说：那我就请你吃烧卖吧，正好这几天学生食堂新上的烧卖味道不错。那是我第一次听说“烧卖”这个名词，当然也是第一次吃烧卖了。其实这不是我第一次来混饭吃了，有时我到了边家村，赶在饭点我也找小于同学混了几次饭。以前上大学时我们时常通过同学或校友的关系到其他大学去玩，其他大学的同学也会到我们学校来玩，一般到了吃饭的时候就会留下来在学生食堂吃饭。

有意思的是，几乎所有人都有一个共同的感受，都是羡慕别人学校食堂的饭菜好吃，自己学校食堂的饭菜不好吃。

边家村俱乐部旁的书报亭经常挤满大学生。1989年10月拍摄于西安市边家村

边家村俱乐部书报亭旁，刚买到新书的大学生。1989年10月拍摄于西安市边家村

小于总是把自己的业余时间安排得满满的。一天，小于说要请我看电影，我有点意外。当时边家村俱乐部正在上映美国四十年代的老电影《出水芙蓉》，小于早就看过介绍，她很喜欢这个电影，但一直没有机会看。她本来想请同宿舍的同学一起看，但别人都没兴趣，于是想起了我。我从小就喜欢看电影，尤其是喜欢上摄影以后，在看电影时，我总是跳出戏外，观察电影拍摄的取景、构图、用光等。

那天我和小于约好了时间，我买好电影票在边家村俱乐部门口等她，就这样，我们一起看了场电影。

有一天我去找小于，看到小于穿了一身运动服出来，要去学校后面的体育馆训练，说是下个月有个全省大学生健美操比赛，到时还想请我给她拍些照片，我说你们学校应该有专门的摄影专干来拍照吧，小于说想请我多拍一些她个人参赛过程的照片。那天我提前到了小于的宿舍，在宿舍里先随便拍了几张。健美操比赛结束，小于所在的西北大学队获得了第一名，小于很高兴，请我和几个同学到学生食堂吃饭庆祝。

过了几天，我拿着冲印好的底片小样让小于挑选，小于挑了一些自己比较满意的，我放大后把照片交给了小于。后来我工作忙了起来，去得少了，小于她们毕业后就没有了联系。

我在西北大学女生宿舍。1989年10月小于用我的相机拍摄

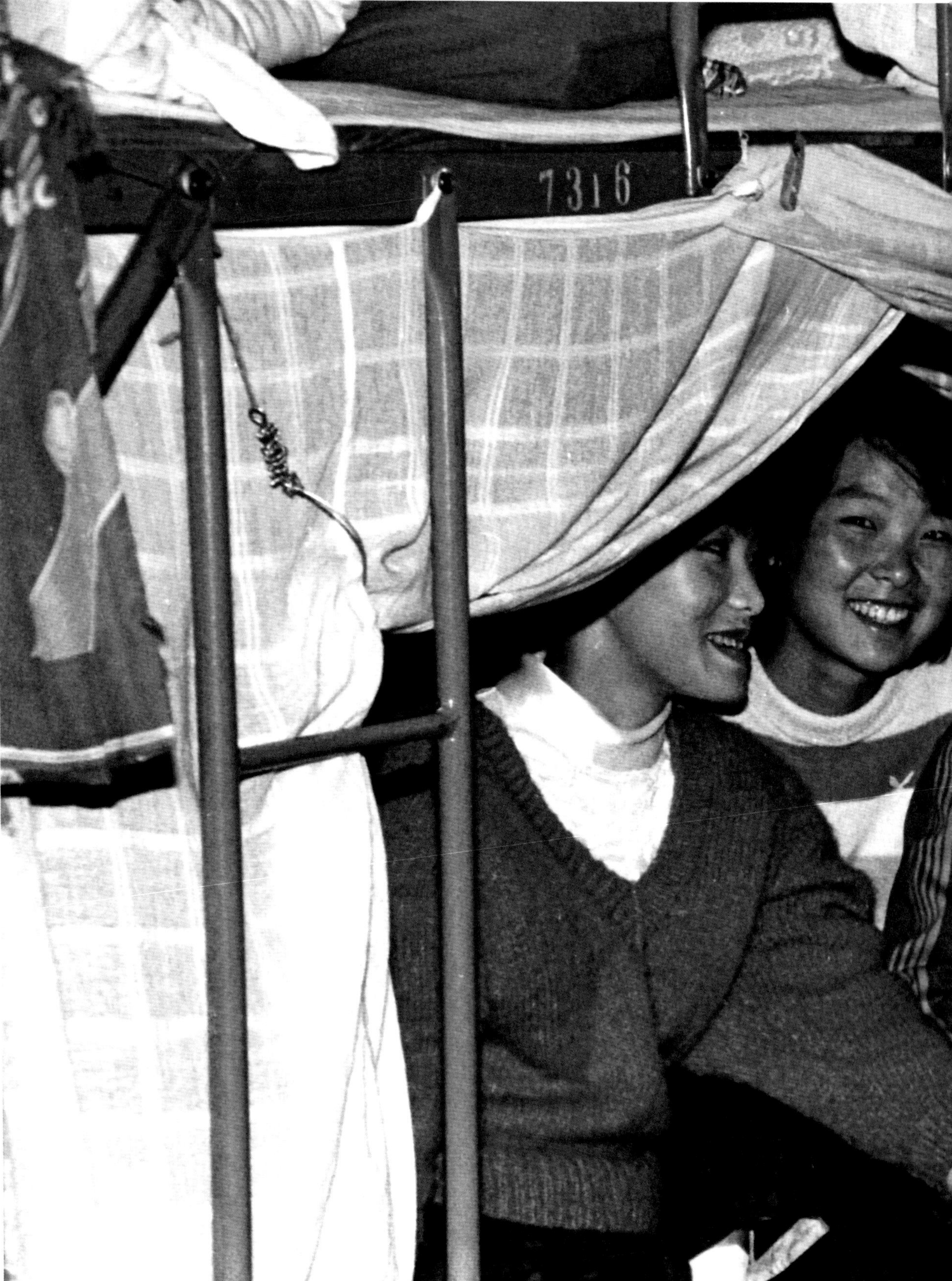
7316

西北大学中文系女生宿舍。1989年10月拍摄于西北大学

1989年陕西省大学生健美操比赛现场。1989年10月拍摄于西北大学体育馆

健美操比赛间隙。1989年10月拍摄于西北大学体育馆

健美操比赛进行中。1989年10月拍摄于西北大学体育馆

陕西省大學生健美操比賽
团体
第一名
主办單位陕西省高教局
承办單位西安体育學院
八九年十月

西北大学队获得“一九八九年陕西省大学生健美操比赛”第一名。1989年10月拍摄于西北大学体育馆

16

小庆同学

小庆与陕机院摄影协会的小维是西安某寄宿高中的同学。小维是家里的独生子，父母忙于工作，在生活上对小维关心得不够。小庆是个感性体贴的女孩，对小维照顾有加，经常替小维打饭，嘘寒问暖。高考后，小维考上了陕机院，小庆考到了西北工业大学（以下简称西工大）。

一天下午，小维带了个女孩来到了摄影协会，给大家介绍说是他的女朋友，在西工大上学，于是就有人起哄说让他们请客，其实一般同学之间的请客就是在学生食堂吃饭。我比小庆小维大几岁，小庆有个哥哥与我同岁，听到摄影协会的小岭叫我大哥，小庆嘴很甜，就直接称呼我大哥。

小庆后来又来过几次，有一次因为太晚了，小维就请小岭帮忙，让小庆在小岭的床铺挤一下。我们摄影协会的几个同学也经常一起到小庆上学的西工大去玩。

小庆的生日那天，小维和我们摄影协会的几个同学一起去小庆的宿舍为小庆过生日，大家也趁机热闹热闹。那天大家喝了很多啤酒，闹得很晚。因为有男生也有女生，最后大家熬了一个通宵，都没有睡觉。到天快亮的时候有点坚持不住了，于是就来到顶层的天台上，吹着凉风，一起看月亮数星星。

1988年春季新学期开学，我在选修课的课程列表上发现了一个《摄影化学》的课程，是基础部的化学老师开设的。出于好奇我也报了名，去听了几次，讲的都是彩色感光材料冲洗药水的化学成分与冲洗过程的化学反应等内容，基本与摄影本身无关。几节课后，主讲老师征求学生意见，我提出：其实大家都是冲着摄影来的，如果只讲化学，不讲摄影，很多人会失去兴趣，课程开设的意义也不大。主讲老师觉得有道理，解释说后面会有一个彩色放大的实验，因为条件所限只能安排少数学生参加。课后我们又聊了聊，得知我有彩色扩印和彩色放大的经验，主讲老师就请我到时协助他一起完成好这个实验，我自然就答应了。

后来小庆他们学校有个学生联谊活动，小庆邀请小维和我们摄影协会的几位同学参加，中午吃完饭我们就去了。到了下午3点多的时候，我忽然想起来下午4点《摄影化学》课程要做彩色放大实验，我是答应了主讲老师要去帮忙的。但是小维他们几个玩得正在兴头上，几个人都劝说我不要回去了。从西工大到陕机院没有直达的公交车，骑自行车回去时间也很紧张了，那时也没有手机可以联系，我犹豫再三最后还是没有回去做实验，这件事让《摄影化学》的主讲老师很生气，我知道解释也没有用。后来每每想起此事我都后悔不已，不该如此言而无信。

我毕业以后，经常回陕机院看望大学生摄影协会的同学们。1989年元旦，小维告诉我过几天请我和几个好朋友一起到他家里吃饭。我问他跟小庆的事情怎么样了，他说已经跟小庆说好分手了。原来小维的父母并不同意他和小庆的事情，小庆也是知道的，但心里总是放不下。小维是独生子，经济条件较好，家里对他另有安排。小维觉着再这样拖下去对两个人都不好，就对小庆说明白了。小庆是个通情达理的女孩，虽然心里难过但并没有哭闹。后来摄影协会的小岭告诉我，小庆在她们宿舍已经住了一段时间了。小庆本来是同小岭挤在一起的，小岭是上铺，宿舍的床板是木制的，一翻身嘎吱嘎吱响，加上小岭的个子高，两人挤在上铺很不方便。小庆是个乖巧活泼的女孩，下铺的小白也很喜欢小庆，于是小白就让小庆与自己一起挤在下铺。那段时间小庆都是一大早起来，早饭不吃就赶到西工大上课，下午放学后又回到陕机院。

几天后，小岭给我来了一封信，信中写道：庆丫丫搬走了，临走前还送了我一个绢制枫叶，特别漂亮，我很喜欢。庆丫丫搬走以后，屋子里显然就少了一份欢乐……

快放寒假的时候，我们几个同学到了小维家，小维的父母出差了不在家，大家都无拘无束起来。下午一起出去转了转，顺便到菜市场买菜，到了晚饭的时候，几个女生负责做饭炒菜。那天喝的除了啤酒以外还有小维家里的红酒，天南海北地聊了很多、聊得很晚，那次我们又熬了一个通宵，几个人都有点喝多了。我知道这次聚会之后大家可能要各奔东西了，于是带上了理光相机，席间离开座位拍了几张照片。离大学毕业还有一年多的时候，小

在小维家喝酒，左二是小李、右一是小庆、右三是小维。1989年拍摄于小维家

维到日本去了，走的时候我们都说为什么不等大学毕业了再去呢，小维说家里人已经安排好了。几个月后小维给我来了一封信，之后就失去了联系，直到现在小维还是杳无音信。小李毕业后在一家机械进出口公司工作，几年后公司拓展业务，设立了公司驻美国办事处，他负责办事处的工作，现定居在美国洛杉矶。

我上班的地方离小庆的学校不远，不忙的时候我会去看望一下小庆。有一天小庆对我说：大哥，你给我拍些照片吧。于是就选了一个星期天我休假的时候给小庆拍了一个黑白胶卷。我们先在西工大校园里拍了一些，然后又到附近的西北大学校园里拍完了剩余的胶片。我把放大好的照片拿给小庆时，她们宿舍的几个女生都很羡慕，同宿舍的小琨说你也给我拍一卷吧。小琨是她们班的“班花”，追的人很多，但直到她们毕业我也没有听说小琨有男朋友。

又到一个星期天，我到了小庆她们宿舍，小琨正在化妆，我就用相机里没拍完的黑白胶片拍了几张小琨正在化妆的照片。同宿舍的小谢说她也想拍几张，于是在校园里用剩余的黑白胶片给小谢拍了几张，然后给小琨拍了一卷彩色胶卷。彩色照片和底片我都交给了小琨，为了感谢我，按照“惯例”，小琨请我在西工大学生食堂吃了一次饭。

小庆毕业工作了三年多以后，有一天她们宿舍的小琨突然告诉我说小庆病了，而且病得很严重，是恶性肿瘤。我和小琨一起去医院看望了小庆，看到病床上虚弱憔悴的小庆，我们尽量保持跟平时一样得轻松自然，小庆也尽量装作若无其事的样子。不久之后就得到了小庆去世的消息，我惊讶万分！

我和小琨专程到小庆家里去看望了她的父母，我们坐了很久，天快要黑了才走。走的时候，小庆的大姐送了我们很远，拉着小琨的手久久不愿我们离去……

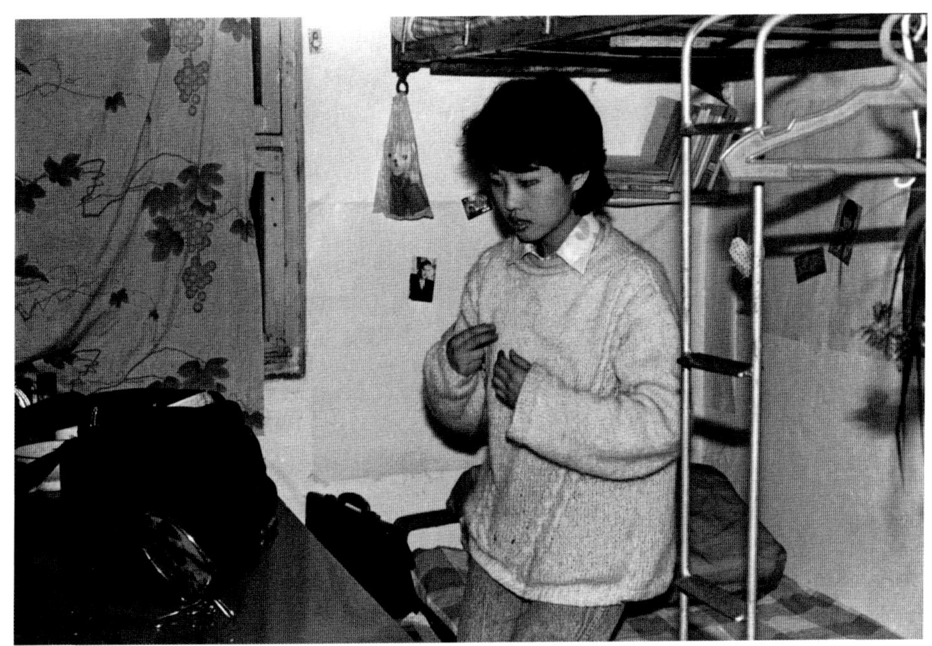

小琨在女生宿舍。1989年拍摄于西工大

小谢在西工大校园。1989年拍摄于西工大

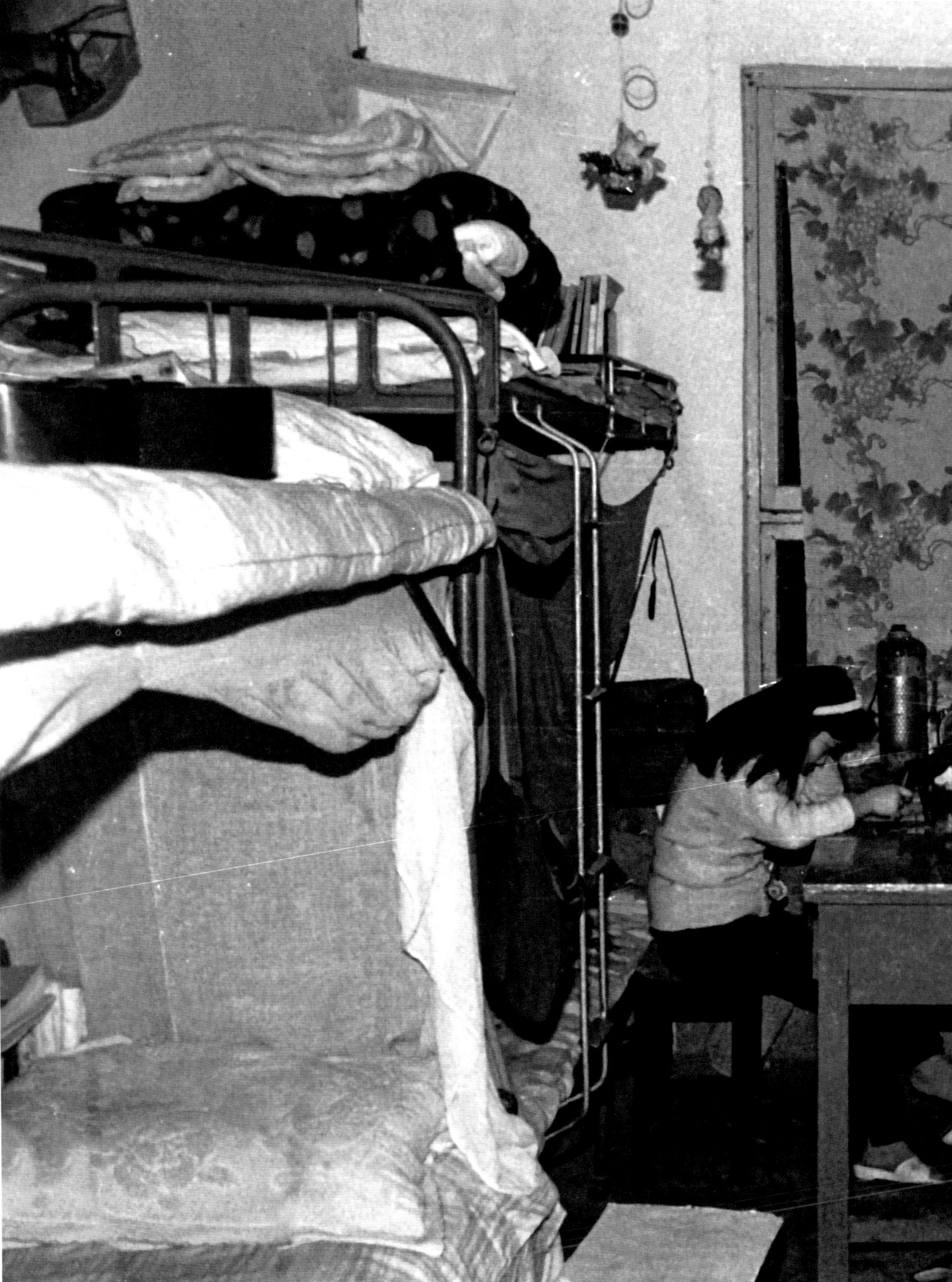

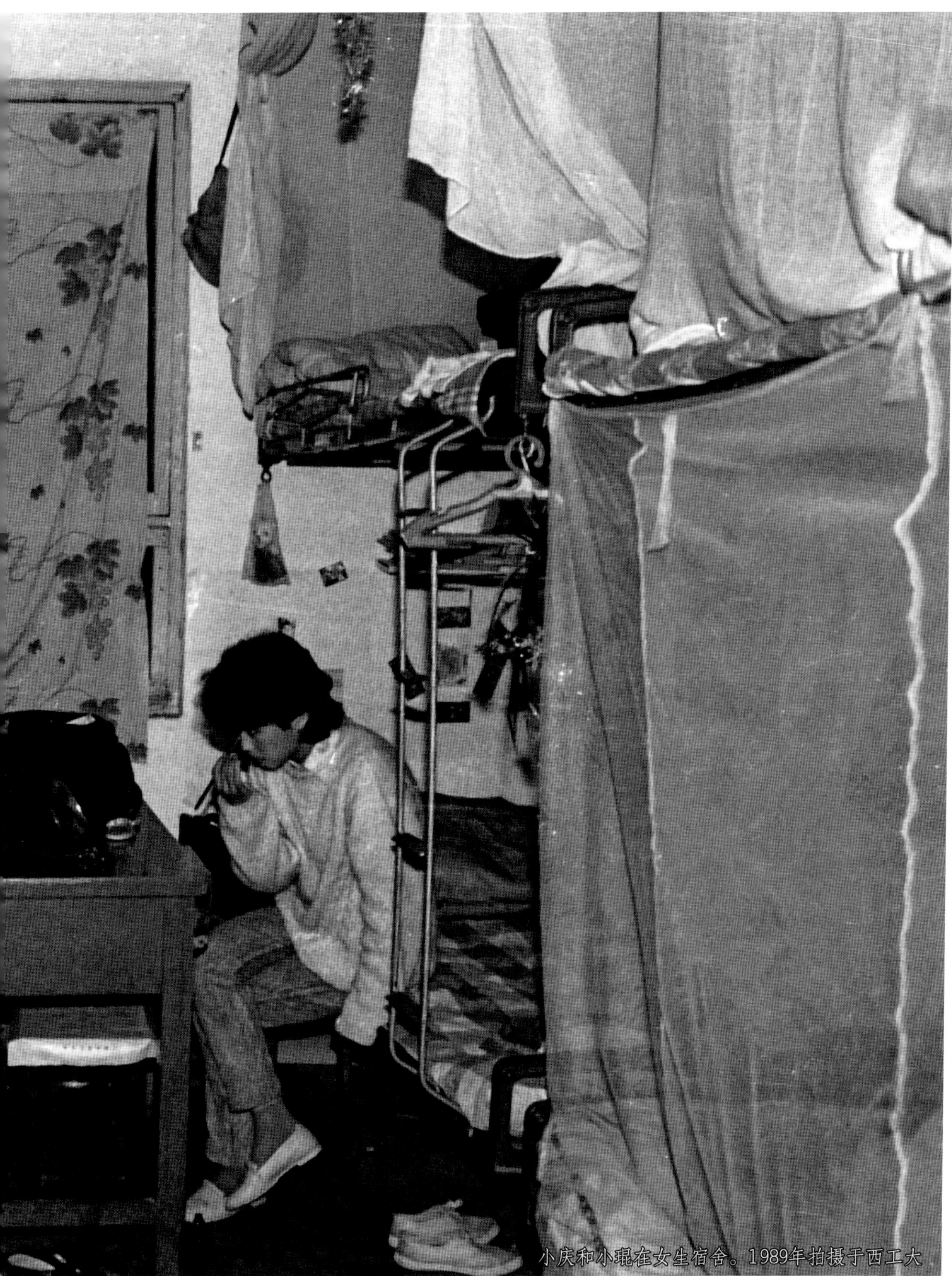

小庆和小琨在女生宿舍。1989年拍摄于西工大

小庆在女生宿舍。1989年拍摄于西工大

小庆在西工大校园。1989年拍摄于西工大

小庆在西工大校园。1989年拍摄于西工大

用微距拍的小庆的特写。1989年拍摄于西北大学

1990年4月，在小庆临近毕业时，我又去给她班上的同学在西工大校园里拍了一个彩色胶卷，作为他们毕业分别的纪念。这张合影照是小庆她们宿舍的几个女孩，左一是小琨、左三是小庆、右二是小谢。

那天，我按约定的时间到了西工大，小庆和同学们都已经准备妥当。因为我和小庆的同学们基本上都认识了，所以大家也毫不拘束，在宿舍、教室、操场、花园、食堂、图书馆等同学们熟悉的地方拍了很多照片。回到小庆宿舍后，我的理光相机里的胶卷还有几张没有拍完，看到窗外树上的花朵五彩缤纷，就到宿舍楼后面又给小庆的几个舍友拍了几张。这张合影扩印时多了一张，被我随意地夹在一个老相册里，这才意外地保存了下来。

看到小庆她们的这张合影照，一个女同学感叹道：仅仅过了两年，这些女生的衣着明显地更为时尚了！

本书中的一些校友和朋友早已失去了联系，虽经多方查找仍无消息，在看到这本书时请与我联系。我的电子邮箱：shxipu@qq.com

1990年4月拍摄于西工大

后 记

许安平

摄影是我的业余爱好，因为不靠摄影吃饭，也从没想过要去参加摄影比赛，对影像资料的保存意识不强，再加上多年来因为工作的关系多次搬家，损毁和丢失了大量的照片和底片。

去年疫情防控期间在家整理杂物，意外找到几卷保存完好的黑白底片，由于年代久远无法判定准确拍摄时间，只记得大概是在八十年代。等底片扫描出来以后，发现其中一张照片中有“一九八九年陕西省大学生健美操比赛”的横幅，由此可以确定这些黑白底片拍摄于1989年。因为八十年代大学生的图片资料不多，遂有了把这些照片做个展览的想法。

我与原《华商报》首席编辑、图片总监、摄影评论家巩志明先生相识已经20多年了，巩老师年长我一岁，我们算是同龄人。当年巩老师就职的《华商报》社离我家住的地方不足百米，空闲的时候经常找巩老师聊摄影，所以对于我早年的摄影经历巩老师略知一些。当我把找到的这些黑白图片和简要的文字说明发给巩老师后，巩老师建议我先做一本图文书，附上我的摄影经历，以后就不用再去给别人讲我以前玩照相机的故事了，然后再考虑图片展览的事情，可以联系我以前的大学同学，把他们手里保存的照片搜集起来。巩老师的话让我茅塞顿开，大学同学的照片基本上都是我拍的。

找寻老照片的过程并不顺利，35年过去了，很多同学尤其是不同年级和班级的校友早就失去了联系。在陕机院（现在的西安理工大学）上学期间，我拍了近百个彩色和黑白胶卷，但找到的照片不到其中的十分之一，同学们一般都是把画面里有自己的照片保存了下来。找到的照片里女生的偏多，男生的照片绝大多数都丢失了。就像一位女生所说的，男生的照片能不能找到，与他家里的女主人关系很大。

我给陕机院学生会活动拍的照片和陕机院大学生影展的照片一张都没找到，找到的这些照片都是纪念照，也正因为如此，这些照片才会被同学们保存了下来。拍这些照片的初衷就是为日后留下些青春的记忆，没有想要出什么摄影作品。所用的照相机和胶卷都是自费的，作为在校学生，既无时间精力也无经济实力去搞专业摄影创作。不过，拍纪念照本身也许正是八十年代大学校园的又一个“热点”。

在寻找老照片与信息核实的过程中，很多模糊的记忆逐渐清晰，历历在目。八十年代大学生基本都是六十年代出生的人，是其中的佼佼者。六十年代生人的成长经历时时映入眼帘、深入脑海，这个年龄段是中国现时代最庞大的群体，八十年代大学生也无法从这个庞大的群体中完全剥离开来，于是自然而然地有了本书的副标题：献给六十年代出生的人，献给八十年代的大学生。

在这里我要特别感谢给本书提供帮助的陕机院同学和校友以及所有在本书编辑出版过程中提供帮助和支持的朋友！

2023年春节

许安平 / Xu Anping

- 1964年生于西安
- 资深电子工程师
- 某智能电气公司总工

- 摄影器材专家
- 中国摄影家协会会员
- 陕西省现代摄影协会副主席
- 陕西省老摄影家协会副主席
- 入选《陕西摄影100人》大型文献摄影集
- 大型摄影辑丛《秦人秦相》总策划

- 曾任《中国摄影报》技术问答栏目主稿人
- 曾主持完成彩色扩印机和彩色分析仪主控系统设计